呼喚你的靈魂

下

作者 月亮熊
插畫 若月凜

目錄

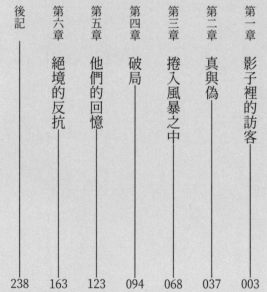

第一章　影子裡的訪客

艾恒板著臉走出城堡，隨著亞爾曼來到熱鬧的市街上。今天是豐收節的最後一天，凱泱早早就離開城堡，跟著領主一起準備最後的活動，艾恒沒機會見到她，不過這樣也好，他本來就對其他標記師不感興趣。

他們來到十分熱鬧的港邊，這裡建滿了商店，房屋皆由木頭搭建，屋頂與招牌一律刷成長春花藍的溫潤色調，由於今晚的壓軸活動將在此舉行，所以商店門口和木橋上都裝飾著彩色絲帶，絲帶互相連接，一路延伸至港灣盡頭。

「喂，亞……老友！我們要去哪？」艾恒拉緊兜帽，放眼望去皆是人，他不安地緊跟在金髮男人身後——不對，現在的亞爾曼是深藍色的短髮，自己則被易容成灰髮小孩的模樣，他差點喊出本名，讓兩人的偽裝當場曝光。

「去逛逛呀，你看，這鏡子真精緻。」亞爾曼隨手拿起店家販賣的手鏡，整理了自己的頭髮後，也順勢遞給艾恒看。

「這種時候你還出來？」艾恒瞥了一眼，旋即毫無興致地撥開手鏡。

「放輕鬆點，你過度緊張才會引人注意。我們只是出來看看還好吧？不然你也沒辦法在城堡裡待上一整天吧。」亞爾曼輕笑幾聲，接著繼續前進。

「那也不用特別來人多的地方……」艾恒瞪著男人抗議，不過沒多久，他便被一個攤販吸引了目光，那是在這個城鎮內常見的炸糖球點心，他卻忍不住盯著油鍋看，不自覺放慢了腳步。

那點心勾起了艾恒零碎的回憶，糖在某些城鎮仍是珍稀食材，因此像這種用糖衣包裹的炸點心，仍是窮人無緣品嚐的的食物。他記得自己小時候只吃過一次，是嚴厲的父親難得主動買給他的，他驚喜地享受這份禮物，卻沒想到父母稍早才剛決定要將他賣掉，他應該要在父親的異樣中看出這點，偏偏思緒被那香甜的味道迷惑，短暫的幸福感使他忽略了父親當下的目光，以及包含其中的情緒。

後來有段時間，他只要看見炸糖球就害怕。

太幸福是會被懲罰的——他彷彿被以前的自己如此警告。

「喔，記得你挺喜歡吃的。」亞爾曼忽然湊近，見艾恒沒有反應，他眼神中參雜著奇異的情緒，壓低聲音問道：「要買嗎？」

喜歡？自己喜歡嗎？艾恒不太確定地想著。

「……我喜歡嗎？」艾恒含糊不清地應聲。

接著，他手裡便多了包熱騰騰的點心。

怪了，我真的喜歡嗎？

艾恒吹著氣輕啃一口，濃郁的甜味立刻充斥口腔，心裡瞬間有了答案——他當然喜歡。那是他與父親少數重要的連結，如果連這點都否定，那他肯定不會原諒自己。

他恍若隔世地感受著那簡單又複雜的味道，而身旁的男人帶著一貫溫暖的微笑，卻又有種說不上來的疏離。

一想起早上床單散發出來的氣味，他突然不曉得該怎麼開口，內心的焦躁卻逐漸攀升。

肯定，有哪裡不對勁。

不知不覺，兩人已經遠離了商店街，來到這座彎月形港口的另一頭，一路上他們沒說幾句話，不過在那種人聲鼎沸的地方，本來就很難好好聊天。艾恒看著成排的木造船舶，因為不用出航，港灣比往常冷清許多。

海象平靜，浪潮聲緩慢又柔和，波光粼粼的寶藍色澤像是另一個世界。

「很久沒來海邊了，景色還是一樣漂亮。」

「是啊，但如果能快點離開就更好了。」

「放心，明天清晨前就能走，你還是好好欣賞這片風景吧。」

「嗯，這裡的風確實很舒服。」艾恒隨興地踢著小石子，突然，他發現亞爾曼盯著自己看。「幹嘛？」

「你看起來終於開心點了。」

「我有不開心嗎？」他眨眨眼。

「大概是慶典讓你覺得無聊吧。」

「也沒有——嗯，不對，我討厭人群，所以確實是沒什麼興致，但你都把我拖出來了，那就這樣吧。」艾恒聳聳肩。

「因為我本來答應伊拉，要帶他來看看慶典的。」

「他？」

「是啊，他很期待。」

為什麼要說這個？又為什麼要擺出一副故作輕鬆的臉？

張口正想諷刺些什麼，卻又勉強把那股情緒吞回肚子裡。過了一陣子，艾恒忍不住一手遮臉，模樣看起來相當疲憊。

……**已經不想再忍耐下去了**。

伊拉正不斷壓抑他清醒的時間，他能夠感覺到這點。

雖然他不曉得伊拉是如何辦到的，但每次醒來時的斷片感都讓他煩躁不已。

「亞爾曼，我啊……我沒醒來的時間裡，到底發生了什麼事？」

「你是指什麼？」亞爾曼雙手環胸。

「就是士兵啊，那些士兵如何了？」

「噢，原來你的記憶停在那麼前面的地方……」

「不用你提醒。」艾恒咬牙瞪了他一眼。

「士兵被我設計了，我搶了他們的牢車逃跑，接著帶伊拉躲進山裡，中途還去了老太婆家避避風頭。」

「啥？」

「喔，抱歉，我是說愛斯特家。」

「你……」艾恒傻眼地看著亞爾曼。「算了，總之你們就一路順利進入敦亭？」

「我以前做的假身分通行證還能派上用場，幸好以前四處流浪教課，在許多地方都留了些財產跟資源，加上敦亭舉辦慶典，審查也做得比較簡略。」

「那伊拉呢？他奪回身體之後，沒給你添麻煩吧？」

「奪回？」亞爾曼咀嚼著這個字眼。「他並不曉得怎麼與你交換意識。艾恒，你們兩人之間，是不是該想點辦法進行溝通了？如果你想好好待在他的身體裡，現在這狀態怎麼看都很不穩定吧。」

「別傻了，伊拉那樣子連保護自己都辦不到，溝通又有什麼用？」

亞爾曼看著那冷漠的表情，竟感到有些刺眼。

「是他無法保護自己，還是你不會教？」

「喔，你倒是能教，把人教到床上去，乾脆說說看你讓伊拉學會的究竟是魔法，還是別的什麼？」艾恒嘲弄地撇起嘴角。不過當他說出口後，馬上就後悔了。

亞爾曼斂起笑容，但也沒有艾恒以為的那麼心虛，而是坦率地說了聲：「抱歉。」

聽見這聲道歉，艾恒感覺胃沉了沉，意識幾乎抽離了身體，差點又要回到深深的黑暗之中。不過他忍耐下來，低頭抱緊雙臂，不讓自己再次失去對身體的掌控。

好火大。這一切都讓人好火大。

他當初決定來找亞爾曼時，曾經設想過這樣的事情會發生——但為什麼？這麼短的時間內，他所擔憂的狀況就全都成真了。

「我很不希望事情那樣發展……但你對伊拉是真心的嗎？」艾恒嘶啞地問。

忽然一陣浪潮湧上，蓋過亞爾曼瞬間發出的聲音，讓艾恒錯失了最真實的第一反應，亞爾曼又恢復漫不經心的表情，嘴角似笑非笑，讓艾恒看得充滿火氣。

「艾恒，我只是問問，如果我回答說『是』的話——」

「那我會自己一個人離開王國。」他果斷回答。

亞爾曼沉默了幾秒，轉了轉眼珠子，接著又恢復笑容道：「為什麼？」

「非得要我說出理由嗎？原因很簡單，我不相信你是真心喜歡伊拉。」艾恒眼神陰鬱，努力集中自己開始渙散的意識。「你對他肯定很溫柔吧，就像你對其他人一樣。對你來說只是一時興起，但那傢伙可是會當真的……」

「奇怪了，你怎麼覺得我不是真心？」亞爾曼「欸」了一聲，無奈的表情反而顯得有些輕佻。

「連這也要我說出理由嗎？你也未免太厚顏無恥了吧！」

「不，我只是單純好奇，那個總是什麼都察覺不到的艾恒・布格斯，怎麼忽然變得什麼都知道了。」

「你……夠了！」艾恒還想說些什麼，卻突然跪下身子。

「艾恒？」亞爾曼訝異地睜大眼。

艾恒僵硬地跪在地上，彷彿身體與意識在拉扯，他一手緊捂著胸口，痛苦地冒著冷汗。

「該死，不要出來……沒你的事！」艾恒憤怒地低吼：「簡直是白痴……也不想想我是為了誰才……唔！」

「喂、你怎麼——」

「別碰我！」

亞爾曼伸出手，一碰到艾恒冰冷的臉龐，立刻被用力推開，緊接著艾恒起身狂奔，離開了港口，他刻意鑽入迂迴的巷弄甩開亞爾曼。

艾恒跌跌撞撞地轉進靠近城堡的無人小巷，再也受不了地倒了下來。

凱決的城堡入口在哪？

不，還要回去嗎？自己已經不想再面對任何人了。

偏偏非得上船不可，只有離開了這個該死的王國，自己才能安心，然後……

「可惡！」他試圖重新爬起，憤怒地舉拳敲向牆壁。「安靜，伊拉！我是在救我們兩個！」

艾恒渾身冒汗，頭髮也逐漸恢復原本的綠色，亞爾曼施展的魔法正在失效，讓他的五官變回原樣，他感覺視線時不時黯淡下來，彷彿隨時會陷入黑暗。

不！他大叫起來，但不確定自己是否真的發出了聲音，甚至那聲音可能來自伊拉，而不是自己。

還我——腦中的聲音說。

「還個屁……！」他抱緊自己的身子，在地上打滾起來。

還我，這身體是我的。

「媽的，搞不清楚狀況……」

全是我的，身體是我的，亞爾曼老師也是我的！

「你是笨蛋嗎！」

他痛苦地站起身子，背部用力撞上牆，艾恒發出最後一聲短促的哀號，下一刻，淚水奪眶而出，少年臉上的表情瞬間切換，張大的雙眼充滿悲傷與憤怒，怎麼也無法阻止淚水不斷滑落。

「你才是笨蛋……！」少年顫抖著身子痛哭。「討厭……像你這種人……給我消失算了！你沒資格當我的父親！像你這種人……！」

腦中閃過好幾道抗議般的雜音。

伊拉用盡力氣發出嘶吼，那是他這輩子不曾發出過的聲音。

「我不想再聽了！你給我滾開！」

終於，雜音開始變得模糊，漸漸歸於平靜。

這一切竟然比想像中還要簡單。伊拉蜷縮著坐下，哭泣中擠出了零碎的笑聲。

他為什麼現在才敢說出來呢？

伊拉將頭靠在牆上，大哭過後，整個身體反而輕鬆起來，彷彿體內的情緒全隨著眼淚流盡。他還是不曉得自己是怎麼取代艾恒的意識，不過能感受到自己的意識逐漸強勢，這感覺雖稱不上快樂，但確實輕鬆多了。

「伊拉？」

伊拉身軀一震，原以為是被亞爾曼看到了，不過當他轉頭一看，竟是抱著藥草盆栽的雷克藍。對方顯然沒看見剛才那幕，只是困惑看著伊拉。

「你怎麼一個人坐在地上，而且還用真面目呢？」雷克藍好奇地問。

「呃、我……」

伊拉抹抹淚水，發現自己不曉得該怎麼解釋才好，於是只能沉默。

雷克藍察覺到這點，便也貼心地不多問，而是將斗篷披在伊拉頭上，並朝他伸出手，「走吧，我泡杯藥草茶給你。」

伊拉看著這個年紀與自己相仿的少年，以及那溫柔的目光。

他忍不住握住了那隻手。

他們來到花園旁的溫室，這裡一樣擺滿室內盆栽，彩色的草葉環繞四周，每一盆植物都被照料得很好，顯得生氣蓬勃。在溫室內還有一個工作檯，上頭擺了碗盤與烘乾、切割藥草用的各種工具，雷克藍先是在這裡摘了些新鮮草藥，才帶著伊拉回到房間泡茶。

雷克藍似乎對藥草沖泡極為講究，就連茶具也是精心搭配。他端出一套墨綠色的磨砂茶具，並在沖泡出來的深色藥草茶灑上一點粉末，晶瑩如星辰的茶水吸引住伊拉的目光。

「不只是藥草的搭配，我最近發現連茶具的材質也會影響沖泡出來的味道，其中養心藥草與陶土茶具是最搭配的。」雷克藍一邊沏茶，一邊偷看伊拉的反應。「以前種過藥草嗎？」

「替父親種過，都是養心用的藥草，不過都很快就會枯萎……」

「很快嗎？我怎麼記得那種藥草都很好種？」

「可能是因為藤泥裂口的土質比較貧瘠？」伊拉努力思索以前的印象。

「喔，我倒是沒研究過那邊的土壤，真有趣，『瀑風』怎麼會想住在那種偏僻的地方？來吧，這杯先給你，喝喝看。」雷克藍將那杯美麗的茶遞給伊拉。

「謝謝。」伊拉輕啜一口，立刻被那溫潤的甜味滋潤了全身，他驚豔不已，「好重的水果香。」

「喜歡嗎？這是我為了滿足凱泱的喜好，努力調整好多次才完成的口味。」雷克藍說著說著，搗碎藥草的動作忽然隨著語速加快。「說到凱泱啊，那傢伙真的很挑剔，太甜不行、有酸味不行、草味太濃也不行，還說什麼等我調配出她喜歡的藥草茶時再回來城堡，根本就是故意整我。」

伊拉感到有些好笑，因為雷克藍抱怨的表情不像是真的生氣，更像是某種平易近人的炫耀方式，畢竟當他提及凱泱時，眼眸是閃閃發光的。

「原來她是這樣的人嗎？」

「大概是對我沒興趣吧，所以那傢伙總是對我不理不睬，一有空就往海裡跑。這樣就算了，該做正事、需要她決策的時候，好歹也配合回來一下啊。」

聽到這裡，伊拉忽然感到困惑了。

「請問，你們的關係是？」

「咦，你不知道嗎？」雷克藍像是被電到似的跳了起來，似乎沒想到會聽到這個問題。「亞爾曼跟艾恒都沒說過嗎？我們是夫妻。」

「什麼？」伊拉驚訝地一震，杯中的茶水也灑了出來。

「這個嘛，正確來說是我入贅。我是能夠控制藥草的標記師，跟前兩代『黑水』的配偶比起來，算是滿普通的魔法。」他恢復平靜再次坐下，將新搗碎的藥草小心沖入茶壺內。

「我還以為大城市的人不會想在這年紀就結婚呢。」

「因為『黑水』的魔法能夠傳承給子嗣，所以穩定的婚姻與血脈特別重要，並不是凱泱想要早婚，而是在王國的期望下被迫接受安排——」

即使是為了王國的海域發展，這樣的安排也太殘酷了。但是以王國而言，這可能是付出最少的代價也不一定。伊拉驚訝地想著。

「你是在想凱泱為何選擇我嗎？」顯然，雷克藍經歷過許多次這樣的質疑，才會習以為常地自行補充：「沒有為什麼，那時期獲得入贅資格的五名標記師中，只有我最年輕。而且據凱泱的說法是因為我長得不難看。哈，其實她喜歡的話，五名標記師都能住進她的城堡就是了。」

「都能……呃、好難理解……」

「無所謂，政治就是這樣啦。」雷克藍輕描淡寫地聳聳肩。

「那凱泱現在去了哪裡？」

「去準備晚上的慶典活動了。總之那傢伙動不動就搞消失，一出現就是要我煮藥草茶、做甜點、替她接見貴族和王室什麼的，簡直麻煩死了……幸好照顧藥草還算是開心的工作。伊拉，你也可以和艾恒分享這些配方，雖然我不知道『瀑風』喜不喜歡這口味就是了。」

「我不想管他喜歡什麼。」伊拉本能地小聲反駁。

雖然說出這句話之後，連他自己也嚇了一跳——他以前從來不會把這些事確實說出口，他是不是哪裡變了？

「呃。這樣啊，抱歉。」雷克藍察覺這奇異的氣氛，連忙打圓場道：「與『瀑風』相處肯定很辛苦吧，畢竟那傢伙難相處的程度眾所皆知。」

伊拉別過頭，揮之不去的陰影籠罩著內心。

即使那聲音消失了，卻仍然牽制著他，蟄伏在體內等待機會再次掌控身體。

討厭……不，是恨透了這種感覺。

以往從來沒有出現過的念頭，驟然從腦中冒出。彷彿停不下來的惡意。

「伊拉？」

「我沒事。對不起。只是聲音有點吵。」伊拉低頭緊揪著衣領，不讓雷克藍看見自己的表情。

「什麼聲音？」雷克藍困惑地四處張望。

「大部分的聲音。不管是魔法、自然、還是人的聲音……我總覺得，那些聲音正在擠壓我，把我吞食。我不知道該怎麼辦。」

「啊，凱泱說你能聽見大多數事物的魂名……」雷克藍恍然大悟，「你知道凱泱跟你一樣嗎？她能標記海裡大多數的事物，不論是魚蝦、水草、海水甚至氣泡……她曾經說過，進入海裡以後，聽見的聲音比在陸地上還多，因此非常嘈雜。你也是這樣嗎？」

「啊，就是這樣！」

「她說大海內的一切都是一體的，海水穿透並包覆所有生物，因此也將海中所有的事物連繫在一起。或許，你的身體對自然的認知也是如此，我們所呼吸的空氣，也是將世間萬物連繫在一起。因此你的感受是反過來的。」

「反過來是指……」

「就是、呃我想想喔——我們成長的過程中，往往都是先從小事物開始接觸理解，才能進而探索到世界的全貌，對吧？而你大概是反過來，先看見了整體，才開始逐步認識那些獨立的細節。」

「為什麼不同標記師能聽見的魂名不同呢？」

「應該是根據個人的適性與契合度吧？很多標記師認為魔法難以捉摸，但或許魔法也遵循著某種規則運作，只是我們不知道而已。」

「這……我以前從來沒有聽說過這些。」

「現在不是有人教你嗎？」

「是沒錯，老師他……」

「他應該是喜歡你吧，所以，一定會教你理解魔法的。」雷克藍肯定地說。「畢竟他二話不說就要跟著你離開王國，如果沒有相當程度的喜歡，亞爾曼不可能做出忤逆王室的事來。我跟凱泱……老實說都很訝異。」

那是因為父親的關係。

伊拉很難不這麼想。

他不知道艾恒究竟做了什麼，能讓亞爾曼如此傾心。又或許他很清楚，從那些通信的內容中，他其實能感受到……但此時此刻，伊拉內心只有滿滿的嫉妒。

那種人——就憑那種人——

為什麼偏偏是被那樣的人佔據了身體——

「伊拉？」

「嗯？」

「你現在的表情很恐怖耶。你還好嗎？」

「我很好。」

「好吧，等等我還得去幫凱泱的忙，如果你沒事的話，可以去城牆上逛逛，那裡能清楚看見凱泱的水燈魔法唷。」雷克藍比著上方，露出一抹溫柔的笑。「雖然會有巡守的傭兵，但不用擔心，他們不是王國士兵，就算看見你們也會守口如瓶的。」

「……好。」

他們又坐了一會兒，把茶喝完後離開了房間，伊拉才發現天色已經漸暗。

一看見雷克藍終於推開房門走出來，幾名侍從立刻匆忙圍上，替雷克藍加上正式的外袍，讓他看起來更加體面。

「快走吧，大人，人越來越多了。」侍從一邊替他著裝，一邊低聲提醒。

「好，久等了，走吧。」雷克藍彎起雙眼回應。

「我是不是耽誤你的時間……」

雷克藍咧嘴一笑，「別介意，是我想要留下來招待你的。」

「不好意思。」

「別道歉啊，既然你是凱決的朋友，那也是我的朋友了。伊拉，祝你順利。」

伊拉看著那幾乎被侍從抬著走的爽朗身影，心中的騷動似乎又安分了些。

自從認識亞爾曼老師以後，遇到的標記師都是好人呢，黑水以及——

「啊，忘了問雷克藍的稱號。」

下次再問吧。

不過，還有下次見面的機會嗎？

伊拉垂下眼簾，有種奇特的寂寞感流入胸口，不論是雷克藍還是凱泱，他都好希望能夠再多交流，向他們學習各種知識。面對他們時，一些平常不太會說的話，也能自然而然地傾訴出來。

這就是……朋友嗎？

他不太理解地反覆品嚐這股感受。

接下來——要去城牆看看嗎？既然雷克藍這麼推薦，就邀請老師一起去吧。

伊拉搓著下巴思索，才發現自己並不曉得老師在哪。這麼說起來，他甚至不明白自己為什麼在城堡外。

起初只是在黑暗中，忽然意識到自己被「取代」了，因此極力想要抓回身體的控制權。伊拉也沒想到竟然會成功。

難道……有機會把父親一直壓制住嗎？

「你在幹什麼！」

忽然，有道憤怒的低吼從背後傳來，伴隨著急促的腳步聲接近自己。

伊拉嚇得停止了呼吸，下一秒，他被抓住手臂強行轉過身，只見一名高大的男人狠狠地瞪著他。

「哇！」伊拉嚇得兩眼發直。

不過讓伊拉驚訝的是，眼前的男人竟是亞爾曼老師。他看起來像是跑著回來的，五官扭曲、緊咬著牙，聲音夾雜著劇烈的喘息。伊拉從來沒看過亞爾曼這麼生氣，以至於整個人呆住了，任由亞爾曼搖晃他的肩膀。

「你明知道我的魔法會被解除，還這樣一路回到城堡？真不敢相信！你讓多少人看見伊拉的臉了？」亞爾曼繼續吼著。

「什麼？」

「裝傻也要有個限度！可惡，我早該問你了，你這傢伙到底——」

「老師？」

聽見這個稱呼，亞爾曼的表情瞬間凝滯，「伊拉？」

「是、是的。」

亞爾曼張著嘴，卻發不出半點聲音。

他洩氣地鬆開伊拉，一手疲倦地貼在自己臉上。

「哈啊——嚇死我了——」

「你還好嗎？」

「抱歉，我剛剛只是擔心……你是怎麼回來的？」

「我在路上遇到雷克藍，是他掩護我回到城堡，還請我喝了藥草茶。」

「是嗎？太好了、那就好……唉……」亞爾曼閉上雙眼，手撐在額上，發出沉沉的嘆息。

「老師剛剛那樣子……」

「對不起。事情發生得太突然，我很怕你的臉被曝光，才會……啊，真是的，我沒想到那傢伙會突然跑走……」他花了點時間讓自己恢復鎮定，然後才變回伊拉平常熟悉的亞爾曼。

那傢伙——啊，應該是指父親吧。

這麼說來，能讓老師失控成這樣的人，應該也只有父親了。

伊拉本來想追問細節，卻又不禁保持沉默。他不想從老師口中聽到艾恒做了什麼、說了什麼。

「老師是擔心我的安全，才會這麼激動吧……謝謝。」他刻意露出艾恒絕對不會有的美麗微笑，眼中閃動著曖昧。

亞爾曼見狀，露出欲言又止的模樣，同時可能還多了幾分尷尬，大概是看著伊拉，讓他突然回想起昨夜的纏綿——伊拉與他做了一回又一回才歇息，原本看著艾恒時不會想起這些，但是發現眼前的人是伊拉後，那些情色的回憶反而在這尷尬的時間點浮現。

少年似乎也感受到他視線中的心思，因此紅著臉垂下頭，不敢對上他的臉。

「我本來答應帶你去街上逛逛的，你現在還有興趣嗎？」

「沒關係，要……去城牆上看水燈嗎？」

「是雷克藍推薦你的？」

「嗯。比起一直偽裝，我……比較想看見老師原本的模樣。」

兩人之間再度瀰漫異樣的沉默。

伊拉也有自覺，比起以往的言行，今天的自己更積極了幾分，亞爾曼顯然也感覺到這點，於是他瞇起眼，伸出大手輕輕撥開伊拉的瀏海，指尖沿著額頭來到耳廓，那動作讓少年的肌膚變得更加赤紅。

「真搞不懂你。」亞爾曼忽然淺笑一聲。

「咦？」

這句話是什麼意思？

他抬眼想確認，但老師已經收回手，走向通往城牆的樓梯。

「去那裡也好，走吧。」

這句話也像是意有所指，少年抱著滿腹疑惑跟在亞爾曼身後。

他們上了城牆，海面已經一片昏暗，城市這頭則燈火通明，映照出蜿蜒的港口。雖然看不清天上的星群，但是地面的燈光熠熠閃亮，吸引了伊拉的目光。

「你看，水燈要開始了。」亞爾曼指著城下的風景。在光芒最集中處，也是人最多的河岸，似乎隱隱飄來優美的奏樂。

「究竟什麼是水燈呢？」

「是每年豐收節的最後一場表演，由『黑水』親自演出，她會——喔，你自己看吧。」亞爾曼將伊拉拉到自己身旁，雙手搭在他肩上，引領他看向河中央。

只見凱泱乘著一艘傳統雕刻木舟，站在商店街盡頭的河川中央，想要祈福的人輪番將燃燒的短燭放置於河面上，隨著儀式船隻前進，水波也開始揚起，凱泱高歌吟唱著，水像泡泡般包覆起一道道燭火，在凱泱的操作下，那一顆顆圓滾滾的「水燈」隨著歌聲飛向空中，燭光在水泡泡內折射出千變萬化的光芒，往大海的方向飄去，數以百計的水燈飛升成了群星。

伊拉看著那如夢似幻的畫面，興奮地張大了嘴。

「好美！」

「那是為了讓海洋聽見人類的祈願，以及和平相處、互相繁榮的願景。水燈最後會在大海墜落，而那些蠟燭都是由動物的油脂製成，也算是獻給大海的祭品。」

「她是怎麼控制……」

「你可以問問她，如果是你的話，或許能做到也不一定。」

伊拉轉頭看向站在自己身側的男人，總覺得他今天的話語都十分模糊，對自己的溫柔不減半分，又隱隱藏著一絲無奈。他對上那雙金色的眼眸，似乎從中看見複雜的情緒。

老師真的怪怪的。伊拉有股不好的預感。

「伊拉，」亞爾曼凝視著少年，語氣微微一變，「今天早上，醒來的人換成了艾恒。」

「唔。」

「我本來想和他確認一些事情，不過，還沒談完他就消失了。」

「老師……」

「伊拉，艾恒他其實是不是……」

一陣微風吹起了伊拉的髮絲。

不想聽。

風將那道黑暗的念頭吹入伊拉腦中，他冒出陣陣冷汗，發現自己無法控制想法變得與天色一樣濃濁又沉重。

已經夠了吧。不要再討論那個人了。

恍惚中，他伸出一隻手貼在亞爾曼的胸前。

他不知道亞爾曼問了什麼，他甚至無法專注聽清亞爾曼的聲音。

他不喜歡這樣。他想要聽見的是男人醉心於自己的喘息、是男人呼喚自己名字的每個時刻、是他們之間不需要透過任何人才能連繫的情感點滴。

伊拉垂下頭，試圖阻擋除此以外的任何聲音。

「怎麼了？」亞爾曼略微驚訝地看著伊拉的動作。

「我……不想……」

「伊拉，你有聽見我剛剛的問題嗎？」

「我想要老師。」

「咦？」

伊拉低著頭不敢看他，奇異的是，他並沒有感到害羞、喜悅或是緊張，他感覺自己像是抓緊最後一條求生的繩索，所有情緒都被拋在腦後，只剩下本能的動作，他想也不想地吻上男人的嘴唇——那是他不讓自己墜落的唯一辦法。

伊拉反覆親吻那柔軟的唇瓣，和以往反應不同，伊拉能夠明顯感受到對方的遲疑。

這太尷尬了。他暗想。

但如果在這時候停手，兩人的關係肯定只會崩毀，他大概也沒臉再見亞爾曼。於是伊拉心一橫豁了出去，伸手探入亞爾曼的衣襬，男人的外袍兩側是開衩的，於是他伸入外袍隔著薄薄的褲子愛撫起來。

「伊拉，等等……你啊……」亞爾曼的胸口起伏逐漸加快，他努力克制被勾起的衝動，以手指抵住少年濕潤的唇，不讓他繼續貼上來。

伊拉心一沉，胸口燃起的卻不是羞愧，而是陌生的憤怒。

為什麼還要繼續說呢？我都已經做到這個程度了啊？

伊拉感覺自己正站在懸崖邊緣，亞爾曼接下來說的話，將決定他是否墜落深淵。不過他已經猜想到了，老師肯定會拒絕自己，用成熟大人般的方式拉開距離，圓滑地說些讓兩人都能找個臺階下的話。

他不要那樣，那只是讓自己毫無容身之地，更顯得自己可悲。

「喂，你們在幹什麼？」

忽然，一道粗獷的聲音巧妙地打斷兩人——是城堡的傭兵。

或許是固定在城牆上進行巡邏，那個大鬍子男人腰帶上掛著刀，寬闊的方臉充滿警戒，朝他們走來。

亞爾曼立刻微笑側身，擋住伊拉，也順勢擋住傭兵的視線，好讓伊拉能夠不著痕跡地將手抽出。

「抱歉，我們是凱決的客人，需要我們離開嗎？」亞爾曼語氣溫和，臉上沒有流露出絲毫緊張。

「喔，原來是你們。沒事，剛剛看不清楚，我只是需要確認一下。」那傭兵似乎並未發現兩人的異樣，站在一旁望向空中，「這裡景色不錯吧？」

想不到那傭兵竟然沒有要離開的意思，還跟他們搭上話。

「是啊。」

伊拉隔著亞爾曼查看傭兵的臉，此時三人的位置正好站開成一排，亞爾曼將身體貼著牆面向外看，寬鬆的衣袍成了絕妙的掩飾，伊拉不知道自己哪來的勇氣，不但沒有將手抽開，甚至爬上褲頭，直接探入內裡，毫無阻隔地握住那溫熱的分身，以指腹肆意磨擦起來。

亞爾曼仍看著傭兵，卻忍不住倒抽一口氣，「嘶——」

「怎麼了？」大鬍子男人迅速轉頭看他。

亞爾曼立刻穩住呼吸強裝鎮定，「沒事。只是在想要操控這些水燈很複雜，不曉得凱決是如何辦到的。」

「那個啊？聽說並不是只靠她一位標記師，沿著河流還有其他標記師協助。不然你想嘛，這上百根燭，就算是『黑水』也負荷不來吧。」傭兵繼續望著天空，對著那盞盞水燈露出敬佩的笑容。

「即使如此，她還是很厲害。」亞爾曼垂下眼簾虛應著，一手撐在及腰的城牆上，看似若無其事地靠在牆上，其實是更容易擋住伊拉的動作。「不像我，連想要訓練個學徒，都還會被反咬一口呢。」

伊拉一震，知道那揶揄的口氣其實是在警告自己。不過亞爾曼並沒有更多動作，伊拉手中的分身也逐漸起了反應，他心臟狂跳——要嘛是老師無法反抗，要嘛是老師也開始享受其中，是哪一種情況呢？

他吞了口唾沫，決定繼續冒險，更加專注地挑逗老師，指尖在每個敏感的位置繞轉、輕撫。

「學徒？他看上去挺乖巧啊。」傭兵隨便瞄了伊拉一眼，似乎並未放在心上。接著，亞爾曼沉沉地呼吸著，轉過頭朝伊拉拋出一記無奈的微笑。「平常是這樣沒錯，所以任性起來也特別棘手呢。」他的聲音充滿曖昧。

這下伊拉確定了，老師並沒有生氣。

伊拉總算鬆了口氣，隨著那分身壯大變成熟悉的形狀，伊拉也燥熱起來，身體想起被填滿的記憶。此時他已經無心聆聽兩人閒聊，而是將手小心包覆男人的分身，專注地持續套弄，好討亞爾曼的歡心。

「哈哈，原來你也是標記師，不過凱泱大人畢竟是特別的，大家才會如此聽話。應該說，三代『黑水』都十分優秀，只可惜……」

「可惜什麼？」

「可惜前兩代都在生下孩子不久後失蹤了。」傭兵忽然壓低了聲音，彷彿怕自己說的話從空氣中傳出去。「我聽說，前兩代『黑水』都是某天去了大海，然後就再也沒有回來，你想想，不覺得挺可怕的嗎？」

「那只是以訛傳訛吧。」亞爾曼輕描淡寫，似乎不想多談。

「或許吧。」此時，傭兵總算注意到男人無心聊天的事實，於是主動退開一步，「我得去下面巡邏了，就當我多事，你們如果不想被看見臉，還是趕緊回去房間比較好。否則水燈往這邊飄來，可能會照亮這個區域。」

「說得對，謝謝提醒。」

「嗯哼，掰啦。」傭兵揮揮手大方離開。

亞爾曼目送那傭兵的身影完全消失後，總算回過頭來瞪著少年，亞爾曼拉開伊拉的手，雙手迅速壓著伊拉的肩，將他壓在牆上，不讓他有機會逃走。

「唔！」

「解釋一下，剛剛那是？」亞爾曼將臉湊近，悠悠問道。

「對不起。」

「這算解釋嗎？」金髮男人的笑意更深，語氣也多了不容忽視的強硬。

伊拉慘白著臉，幽怨說道：「我只是想跟老師做。」

「在剛剛那種情況下？」

「不然，我不知道該怎麼辦……」伊拉快被男人的質問逼出淚，渾身顫抖，「我知道老師不喜歡我，可是……我真的不想從老師口中聽見……」

「我為什麼會不喜歡你？」

伊拉眨了眨眼，他的腦袋忽然有些暈眩，以為是自己聽錯了。

然而男人卻鬆開手，轉而將少年緊緊摟進懷裡。「好，我知道了。抱歉，是我不好。」

亞爾曼自嘲地笑了一聲，將嘴脣貼在少年耳旁，「伊拉，認真聽我的聲音，一次就好。我想抱你，是因為我喜歡身為伊拉的你，不是為了你體內的人、或者用來滿足慾望而已。你就只是你，我很清楚自己在看著誰。」

伊拉止住了呼吸。

他不敢相信這番話竟是亞爾曼親口說出來的。

可是他值得嗎？他準備好承受這份幸運了嗎？會不會這一刻只是自己的幻想？

「所以、我可以喜歡老師？」他細聲確認。

「嗯。」

「我也可以……相信老師喜歡我？」

「是的。」

「不是因為我正在誘惑老師的緣故……」

「那麼，現在換我誘惑你吧。」

亞爾曼發出好聽的笑聲，索性狠狠親了伊拉幾口。伊拉乖巧地依偎在男人懷中，笨拙地接受他的探入。那味道過於甜美，以至於伊拉沒多久便沉浸其中，將內心最後的質疑拋在腦後，忘情地回應著男人的動作。

忽然，伊拉感覺臀部一涼，男人不曉得何時解開兩人的褲頭，在外袍的遮掩下，兩人的私處緊貼著。

「啊、老師……」伊拉垂下眼簾低吟起來，想要扭動腰肢尋求更多快感，卻又怕被人發現，在這刺激又羞恥的情景下，少年臉上失神的表情反而誘人無比。

「回房間去？」亞爾曼低聲問。

「不要，就在這裡。」伊拉仰起頭，發出隱忍的喘息，「我會忍住聲音……」

他們目光交會，接著短暫地失去了理性，讓慾望支配一切行動。

亞爾曼眼中的情慾讓伊拉滿意極了。他動作迅速而急切，赤裸的部位像是被晚

風愛撫著，隨時會被人看見的刺激感，讓伊拉的身體特別敏感，幾乎不需用手擴張便已開始濕潤，亞爾曼無法等待，立刻將熱癢難耐的分身塞入。

伊拉吐出舒暢的嘆息，即使要吞下那碩大的尺寸還是有些吃力，但在這異常興奮的狀態下，沒多久，悶漲的不適感漸漸轉為快感，他雙手緊抱亞爾曼，故意在男人耳旁喘息，不時親吻耳垂，卯足全力討好眼前的男人。

老師是個多情的人。但起碼，能讓他動情的人是我。伊拉這樣告訴自己。

他知道跟艾恒比較這件事很愚蠢，但是他就是無法不去想，那些寫給艾恒的信、信中深藏的心思、每封信所承載的情感份量……越是清楚這些事，就越是感到丟臉。每個自己主動獻上的吻，都只是更加凸顯自身的拙劣，可是不這樣，他就什麼都沒有了。

別太得意忘形了。

腦中忽然冒出一聲嚴厲的批評。是他自卑的聲音？還是來自另一個靈魂的憤怒？

那聲音讓伊拉的身子抖了抖，又被拉回現實中。

這一切都不是你應得的。

那聲音繼續說著。穿插在眾多雜音之間，那聲音並不特別顯眼，但卻格外刺耳。

所以，亞爾曼只是混淆了自己的心意。

伊拉捏緊拳頭駁斥那聲音——如果真是這樣，那也太不公平了，父親明明對亞爾曼老師那麼冷淡。

那麼喜歡上僅僅認識一個月的你，難道就是公平？

「啊……！」

伊拉發出顫抖的喘息。不是因為體內的聲音，而是男人壓在自己身上的動作太猛烈，讓他忍不住叫出聲來。

好爽、好舒服、好想要更多。現在這樣很好，聲音什麼的難道還重要嗎？

「不是說了會忍住？」亞爾曼在耳旁說話的語氣也夾雜著喘息。

伊拉感覺身體一陣酥麻，他捧著男人的臉龐，伸出舌頭仔細地舔吮著亞爾曼的唇，隨著他靈活的動作，體內抽動的巨物似乎又硬挺了些。

「老師……請……射進來……」伊拉一邊親吻，一邊說著淫靡的請求，「我想要……全部……啊、嗯……」

亞爾曼的動作令他渾身顫抖，在腦袋因高潮而一片空白的瞬間——

他終於找到一絲無聲的平靜。

第二章　眞與僞

這是哪裡？又是什麼時間？

對了，這裡是藤泥裂口，父親的家吧。好討厭，房間照不到陽光，抓不住正確的時間流動。

大廳的盆栽明明昨天早上才澆過水，怎麼一夜就死了？是因為擺在窗臺上日照太烈了嗎？好淒涼啊，自己似乎總是算不準澆花的正確時機，於是盆栽就枯萎了。

自己將來的命運大概也離此不遠了吧。

到底該裝作若無其事，繼續扮演「乖巧的養子」找機會離開呢，還是乾脆就此認命，讓自己當個什麼感覺都沒有的死人，會更加輕鬆點？

煩死了，四周好多聲音，好吵。

是不是有人在叫自己？

叫自己什麼……忘了……

『叩叩。』

聲音驚醒了坐在椅子上沉思的伊拉，他猛一回神，才驚覺手中握著枯死的藥草。

那是父親要自己看顧好的盆栽，如今卻……

『打擾啦，我是來自首都的「剪影」孟格塔，請問艾恒先生在嗎？』

聽見慵懶的聲音從門外響起，伊拉這才發現自己又陷入思緒之中，連忙應聲，接著大門被輕輕推開，門外站著的是穿著一身漆黑的男人，唯獨那頭銀髮顯得十分亮眼。

『您好，這是來自國家的固定探訪。唷，這不是他的養子嗎？初次見面，我叫孟格塔，對了，這裡還有亞爾曼標記師寫來的信，請收下。』

伊拉花了點時間才理解男人在說什麼。

他緩慢地接過黑色長袍內遞出來的信封，上頭有著明顯被拆開檢查的痕跡，顯然，孟格塔也不在乎遮掩那些痕跡。探訪者就是這樣，一點隱私也不給予。

『亞爾曼．昂傑……』伊拉看著信封上的署名，心跳怦怦加速。

這次，這個男人又會寫些什麼給父親？一想到這點，他就有些雀躍。

『所以，艾恒先生在嗎？』孟格塔歪頭露出燦爛的笑容。

『呃、不。』伊拉別過眼神。『我今天早上醒來時他就不在了。』

『這樣啊，放輕鬆點嘛，別緊張，吶，這是標記師的記號唷。』他晃晃長袍，內裡確實繡了金色絲線，如此低調的設計實在很少見。『總之艾恒先生不在的話也行，我聽說過你的事，正好也一直想見你呢。』

『我？』

『你是他的養子吧？至少艾恒是這麼聲稱的，不過他不怎麼談論你的事呢，所以……你在這裡過得還好嗎？』

伊拉拉扯著衣襬，冒出冷汗。

孟格塔跟以往來訪的探訪者都不同，伊拉說不上原因，硬要說的話，大概就是身上散發出來的「氣場」吧。伊拉腦中忽然閃過許多畫面，艾恒冷淡的沉默或斥責、靈魂的研究，以及稱不上是尋常的生活……

『還好。』伊拉恍惚地看著別處，心虛地說著。

孟格塔瞇起眼睛打量伊拉的神情，忽然半跪下來，安撫似的用雙手握住伊拉的手，澄澈的大眼直視著少年。『真的還好嗎？你的眼神可不是生活幸福的孩子會有的唷。』

『我……』

『沒事的、沒事的。你叫什麼名字？』

那句詢問過於溫暖，直接觸動了伊拉的心靈，他忍不住湧上淚來。

『伊拉。』

『伊拉。發生了什麼事嗎？』

『我不知道。』伊拉哭著搖頭，泣不成聲地說：『救我……』

『耶？』孟格塔冒出一絲猶疑。

『父親在研究如何把自己的靈魂……轉移……的樣子……』

孟格塔的表情在一瞬間凝結了。

『那可是禁術，伊拉，你確定？』

伊拉嚇得搖搖頭，他不曉得那是禁術。

對他來說，標記師施展的任何魔法都像是從禁忌中擷取的異象，為人類生活帶來偉大的進步，同時也強大得令人畏懼。他以為轉移靈魂對這些標記師來說並不算難事。

『伊拉，冷靜點。告訴我，你怎麼知道他在研究？』

伊拉轉頭抬手指向書桌，『我在那裡看過他的研究手稿。』

孟格塔沉默地抿起嘴唇。

他鬆開緊握伊拉的手，走向艾恒的書桌，將那些書逐一檢閱，在那漫長的時間中，只有兩人淺淺的呼吸聲和孟格塔翻閱書頁的聲音。直到其中一張紙從筆記本中掉落，孟格塔將紙張抽起，靜靜凝視上頭的文字，停駐的動作讓他看起來像一道影子。

伊拉知道他看見了什麼。

那標記師震驚的神情已經道盡了一切。

『我會不會出事？』伊拉再次開口，企盼將求生的渴望努力傳達給男子。他從來沒見過孟格塔，也不知道這個人能否信任，可是他只能將逃脫的希望全押在男子身上。

『難怪他以前總是想離開王國，卻又突然留下來收養你……但他不教你魔法，又不跟我們解釋來龍去脈……』孟格塔仍保持驚訝的表情轉過頭來，聲音刻意壓低，試圖保持鎮靜。『所以這一切原來是這樣？他想對你做這種——實驗？』

伊拉不曉得孟格塔的揣測有幾成是真實的，但他真的不想留在這裡了。不管什麼理由都好，他只想找到機會逃走。

『請帶我走，拜託。』少年再次哀求。

孟格塔沒有說話，而是一邊小心地將紙張折起，塞入皮衣內的暗袋，一邊伸手抵在自己的下顎處，神情凝重地思索起來。他嘴脣微微掀動，像是在喃喃自語，但伊拉什麼都聽不見，四周的雜音太重了。

『伊拉，你真的很勇敢。』這次，孟格塔轉頭看向他，聲音清楚又明確。『謝謝你告訴我這麼重要的事，但是……你能等我嗎？』

『不……我……』

『我很想幫你，唯獨這件事我無法自己做主，抱歉。』男子的聲音聽起來並沒有歉疚，而是更加飄忽的冰冷，充滿著算計與權衡的味道。『我很快就會再過來，只要三個……不，一個星期就好，到時候，我肯定會派人帶走你。』

『不——』

伊拉顯然賭錯了。

他還沒能抓住孟格塔的衣袖，男子已經像道飄散的影子，迅速鑽出了屋外。

伊拉只能絕望地跪坐下來。
他不曉得後來又過了多久，時間再次隨著太陽落下而變得模糊起來，可能是幾小時，也可能是幾天後，他只知道自己睜開眼時，外頭又有響動了。
『碰！』重重的撞門聲響起。
伊拉睜開眼便看見父親一身狼狽地衝了回來。
父親看起來很痛苦，不，不只是如此，他看起來……憤怒又絕望。
『你知道怎麼回事嗎？』艾恒冒著冷汗，看見伊拉劈頭就問。
『啊……？』
『有士兵正往我們這裡來，還有其他標記師在調查我的事。』艾恒粗魯地甩著披風，大步走向伊拉，只見少年還坐在地上瑟縮著身子，他一愣，接著啐了一聲。
『怎麼回事？』
『我不知道。』
『你想裝死嗎？』艾恒用力咳了兩聲，『聽好，你……唉，伊拉對吧？』
『如果你沒有別的孩子，大概就是吧。』伊拉害怕地落下兩行淚。
『哼，這不是挺會講話的嗎？總之給我聽好了，我要死了，所以給我過來。』

『不要……』伊拉想起孟格塔曾經說過的話，忽然感到無比恐懼。

『我不要被你當成實驗品！』他大叫著閃過艾恒伸來的手，伊拉才發現這件事比想像中來得輕易。男人氣喘吁吁，動作緩慢無比，甚至連一絲風都施展不出來。

『嘖，我可沒時間跟你玩。』艾恒帶著陰狠的眼神再次逼近，齜牙咧嘴地說：『真是的，麻煩死了！怎麼偏偏……還是乾脆把你打昏算了？』

伊拉短促地尖叫一聲，無助地貼在牆上閉緊雙眼，卻發現沒有任何人影靠近自己。他睜開眼，看見艾恒只是痛苦地跪在地上，虛弱無比地喘著。血沫從他口中咳出，染髒了地板。

『咳、咳……咳呃！』

好可怕。

伊拉渾身顫抖著。

好想逃走，必須逃走。

自己得「消失」在這裡。

伊拉用盡最後的力氣逃進房間，他將房門緊緊上鎖，再將所有能阻擋的東西挪到門前。然後他跪在地板上，不斷反覆地祈禱。

孟格塔也好，其他探訪者也好，拜託……任何人都好……

或者就讓父親直接死在外面也好。

這個恐怖的念頭才剛冒出來，一道狂風便伴隨著父親的怒吼，衝破那薄弱的木板牆壁，劇烈的炸裂聲讓伊拉尖叫起來，他緊閉雙眼，發出痛苦的嗚咽，眼前只剩下一片寂靜的黑暗。

雖然伊拉不喜歡黑暗，但對他來說黑暗是安全的。

只要進入黑暗，任何危險都不需要再害怕了。

這麼想的他，為了逃離這股恐懼徹底陷入昏迷。

等伊拉再次睜開雙眼，身邊只剩下一具橫躺的冰冷屍體，以及……更多的黑暗。

◆◆◆

祭典結束的隔天清晨，天色還未亮，港口處已經變得熱鬧起來。

除了漁船總算能夠離港捕撈，有些與異國流通貨物的商船也迫不及待地準備出發，他們的船隻點起燈火，在黑色的海上航行，像昨夜升空的水燈落在海面上似的。從城堡內的窗戶看去，浪潮雖無聲，卻又是另一番熱鬧的景象。

少年嘴角微揚，轉頭看著站在身後的亞爾曼。

「走吧，亞爾曼。」

「好，艾恒。」

不。

不該是這樣。

「啊啊啊啊……！」伊拉害怕地用力睜開雙眼。

他坐在床榻上，被子隨著起身而落地，窗外仍是黑乎乎一片，他才明白自己只是在作夢。

伊拉揪緊自己的衣領，渾身冒著冷汗，他想求救，卻發現床的另一側沒有人。

難道夢裡的畫面成真了嗎？

艾恒與亞爾曼，他們去了想去的地方，唯獨留下了自己。

即使拚了全力，也換不來的——

「伊拉？」

聲音從房間角落傳來，他恐懼地看向來源，只見亞爾曼已經穿好衣服，金色長髮隨意束起，隱約露出耳骨與垂晃的耳飾。

「我正要叫醒你呢，起來著裝吧，該走了。」亞爾曼走向床邊，伸手揉了揉少年的頭髮。

「老師……」伊拉看著那熟悉的人，忽然伸手攀上男人的手臂，像是要透過肌膚的觸碰，才能確定男人是真實存在的。

「嗯？」

「我們、我……什麼時候回房間的？」

「你連這也不記得了？」亞爾曼忽然無奈地撇起嘴角，「你就算再累，也不可能忘記我們從城牆回到房間後，又做了多少回吧？」

伊拉瞪大眼試圖回想，手還死揪著男人的衣袖不敢放開。

「別急，上了船後你有很多時間。」亞爾曼看著自己逐漸鬆垮的上衣打趣道。

「呃、我不是……！」伊拉尷尬地抽回手。

「沒事，我去門外跟凱泱說些話，你快點收拾吧。」

伊拉點點頭，連忙在男人曖昧的微笑中起身。

來到梳妝臺前，鏡子反映出自己半顯睏倦的模樣，他盯著自己的臉，感到既熟悉又陌生。他始終搞不懂父親到底抱著什麼想法，但此刻伊拉只剩下滿腹的怨恨，以及反抗的勇氣。

腦中的聲音沒有響起。

伊拉不知道這樣的平靜還能維持多久，他貼近鏡面，對著鏡中的臉龐輕輕呵氣。

「是不是混淆老師的心情，其實，很好弄清楚吧。」他面無表情地垂下眼簾，聲音竟帶著自己也意想不到的平靜。「只要父親你消失，答案自然就會知道了……不是嗎？」

當亞爾曼走出房門後，凱泱已準時提著燭燈前來，她隻身一人，單薄的身影被火光拉長，夜色還很深，不過城堡裡已經有許多侍從開始活動，因此凱泱身披斗篷，好讓自己能低調行事。

「好了嗎？」凱泱劈頭便問。

「沒問題，走吧。」

「好，呃，那個，雷克藍昨天太累，我就讓他繼續睡了，不過他祝福你們一切順遂。」

「這陣子他也是辛苦了，妳之後也對他好一點吧。」

「我對他不夠好嗎？」凱泱輕哼一聲。

「這個嘛？嗯，好吧，就當我多事了。」

「……不，你的顧慮是對的。我最近一直有很強烈的想法，想要快點追隨母親的腳步，所以常常不把身邊的人放在心上，等你也走了以後，這股想法可能會更明確吧。」凱泱垂下頭，眼中少見地閃過一抹哀傷，不過她很快抬起頭來，朝亞爾曼露出安撫般的笑容。「但別擔心，我不是要你動搖，只是希望你也別顧慮我的未來罷了。」

亞爾曼輕嘆了一口氣，朝凱泱伸出手給予一個擁抱，凱泱也緊抱住他，將無奈的苦笑埋進他懷中。

「我很遺憾，魔法沒能讓妳更加自由。」

「即使如此，我還是很慶幸自己成為了標記師。」凱泱幸福地說。

亞爾曼點點頭，接著轉頭看向房門。「走吧，伊拉？」

房內沒有任何動靜。

起初他們還未反應過來，不過當亞爾曼又喚了幾聲，房內仍然寂靜，兩人神色迅速凝重起來，直接推門回到房間內。

火爐仍在劈啪燃燒，窗戶是打開的，梳妝臺前放了收拾好的行囊，伊拉顯然將一切都準備好了，只是不管他們在屋內搜尋幾回，偌大的房間內已經空空蕩蕩，沒有任何人影。

伊拉不見了。

「怎麼回事？你有叫他別亂跑嗎？」凱泱驚訝地問。

「他剛剛還在房間裡。」

「什麼？」凱泱用力蹙眉，她粗魯地放下燭燈，快步衝向窗邊，朝窗外那片黑暗張望。「伊拉會風魔法嗎？有沒有可能從這裡離開？」

「但他不可能——」

亞爾曼也來到窗邊，看不見伊拉的任何蹤跡。

兩人面面相覷，氣氛有種說不出的詭異。

「有其他的標記師。」不曉得是誰先開口說了這句，將兩人的不安化為肯定。

亞爾曼咬牙往房門衝去，卻在推開門的瞬間，一道黑影出現在他的腳邊。

從平坦的地板上忽地隆起一團黑暗，接著浮現出一個披著黑色斗篷、穿著黑色皮衣的男人，他全身籠罩在陰影之中，下半身如煙霧般模糊，五官年輕俊美，帶著幾分脫俗的稚氣，耀眼的銀色短髮柔軟地飛揚起來。

「呦。」銀髮男人揚起燦爛的笑容，伸手打招呼。

亞爾曼頓時愣在原處，凱泱也在趕到門邊後驚訝地瞪著那男人。

「『剪影』！」

「凱泱大人，打擾嘍。亞爾曼老師，好久不見。」銀髮男人輕挑地眨了眨眼。

「你、你怎麼未經允許就來我城堡！」

「抱歉啊，我知道在這個時間點出現很嚇人，但我可是徵詢過您丈夫的同意才進來的，畢竟我代表王室，面對兩位時還是會注重禮節的。」

「雷克藍……！」凱泱憤怒地尖叫起來。

「哎呀，大人息怒，請不要責怪您的丈夫，平常總是必須面對皇家標記師，他也是十分兩難，畢竟這次事件我們兩邊都有些難處，不如各退一步怎麼樣呢？」銀髮男人搓著雙手歪頭，露出過於陽光的笑容。

「伊拉呢？」亞爾曼回過神來。

「跟我走了。現在和你說話的只是我的影子分身。」

「特地過來告知，還真是禮數周到。」亞爾曼沉聲說。

「應該的。你沒有傷害任何皇家士兵，這點我也十分感謝。至於違命帶走艾恒的舉動，念在你們兩人過往的情誼，王室決定既往不咎，想必你也注意到，我們沒有發布任何通緝命令……當然，前提是你們沒有搭船偷渡出國啦。」

「這就是你說的各退一步？」亞爾曼冷冷地壓低聲音。「孟格塔，你現在替誰做事？」

「三王子。比當首都魔法教師好一點——點而已。」「剪影」無奈地比著手勢。「你也知道，國王真的很能撐啊，硬是留著那一口氣躺在床上，也不曉得是要折磨誰，所以說王儲們——」他還沒說完，亞爾曼就啐了一聲，少見地露出憤怒又陰沉的表情，那模樣讓「剪影」著實嚇了一跳，整道人影也不自覺往後退了一步。

「該死！」亞爾曼咬著牙，扭頭便往城堡的出口快步奔去。

「亞爾曼老師？我都還沒說完——老師，你追不上的啦，我早就走遠了！喂——」銀髮男子一手遮在嘴邊，對亞爾曼的背影高聲喊話。

凱泱伸手想抓住「剪影」的袍子，手卻穿了過去，確實如他所說，這不過是由影子形成的幻象罷了。凱泱緊張地冒出冷汗，開口說道：「孟格塔，你不能就這樣把伊拉帶走，就算要審訊或押入牢獄，再怎麼說也不該是由你出馬……」

「我不是要審訊，是要接伊拉去見國王的。」銀髮男子歪頭。

「咦？喂……喂喂！別鬧了！明明是王室親自下令禁止研究禁術的！」

「表面上是這樣沒錯，但如果真的有標記師鑽研成功，那肯定又是另一回事了吧。」

凱泱這次總算聽懂他的言下之意，「那個不肯認命的臭老頭！」

「哎呀，就算是凱泱大人，也請注意一下措辭啦，這次我就先裝作沒聽見吧。」男子抓了抓頭，在那看似親切的笑容下，藏著一抹漠不關心的冷淡。「而且，我不知道你們到底聽說什麼，不過我應該才是真正解救伊拉脫離困境的人唷。」

「你憑什麼！」凱泱朝他狠狠吐了舌頭，趕緊脫掉那身礙事的厚重斗篷打算離開這裡。「不跟你說了，我要去追亞爾曼，你快點滾出我的城堡，看了就討厭！」

「好——的。」男人仰頭發出銀鈴般清脆的笑聲。「謝謝凱泱大人的熱情招待，有任何需要歡迎聯繫我，『剪影』隨時為您效力。」

凱泱瞪了他一眼，氣得用力跺腳，接著撩起裙襬，在月色下狂奔起來，衝向城堡大門。而「剪影」則笑盈盈地進入那看似空無一人的房內，他吟唱起來，模糊的黑影從腳邊退去，黑影堆砌成的斗篷也消散開來，他俊美的臉龐盯著角落。

「大家都走嘍。」

孟格塔手一揮，伊拉的身軀從牆角扁平的陰影中浮現，受黑影困縛的身子突然被釋放，使他險些跌跪在地。他環抱雙臂，不安地凝視「剪影」溫暖的笑靨。

「你是……你要帶我去哪……」

「只要用我的魔法，離開這座城堡就跟來的時候一樣容易。」銀髮男子直勾勾地看著伊拉，朝他伸出一隻手，但見伊拉沒有反應，於是佯裝溫柔似的歪著頭。「抱歉啊，我來晚了，不過我剛剛聽見，你想要讓父親消失嗎？」

伊拉抽著氣，不敢應聲。

「那可不行唷。」孟格塔的眼神並沒有責備，而是朝他彎下腰，輕輕拉起伊拉的手，在笑容中將兩人的身體覆上一層陰影。「你與艾恒是這場戰爭必要的棋子。畢竟——這也是標記師的使命嘛。」

◆◆◆

「雷克藍，給我解釋清楚。」
「我對亞爾曼先生很抱歉，但我也有我的理由。」
「我要的是解釋！不是這種模糊的說詞！」
聽著凱決的怒吼，以及雷克藍疲弱的辯駁，亞爾曼陷入了思索。
即使他們立刻衝出城堡尋找，卻沒看見伊拉與孟格塔的去向，雖然這結果也在亞爾曼的預期之中，但還是不免感到焦躁——他一直沒有將這股憂心展現出來，是因為他也在賭孟格塔不會出手，反過來說，孟格塔一旦出手，亞爾曼深知自己肯定逃不走。
「別怪他了，凱決，這裡離首都雖然有段距離，卻也離其他王儲的領地不遠，『剪影』出手也是在預期中的事。」亞爾曼出聲緩頰，試圖安撫凱決那根本沒必要的火氣。「如今看來，伊拉被低調帶走、我們也被王室放過一馬，這已經稱得上是最好的結局了。」
「話不是這麼說的！『剪影』再怎麼來去自如，也不該隨意闖入我的城堡，若不是雷克藍給了他名正言順的理由——」

「我有什麼辦法？孟格塔直接帶著領主找我，劈頭就指控我綁架，還說伊拉是自己想跟王室走的，不服從的人是我與亞爾曼……」

「那根本不是事實。」凱泱冷著臉反駁。「我們不是說好了嗎？如果『剪影』真的出現，否認到底、拖延時間就行了。」

「我知道，我已經盡力了，但妳沒看到當下的情況，根本不曉得那人是怎麼對我施壓的。」雷克藍說著說著也有些惱火，忍不住無奈地瞪著女孩。「我請領主幫忙說情，聲稱我們並不知道伊拉與亞爾曼抗命的事，就算有，也請他看在亞爾曼以往的功績從寬體諒。」

「你到底在說什麼？」

「不這樣說，我們全都會出事。」雷克藍抓著瀏海，青澀的臉龐顯得蒼白狼狽。「我知道孟格塔故意誘導我那樣回答，但情況突然，我根本沒得選擇。」

「只是區區一個影子，讓領主施壓回去就行了！」

「怎麼可能啊！對方是大王子的人……何況領主對我們做的事根本不知情，他整張臉都鐵青了，如果不是我先坦承求饒，領主也不可能從中協調，替我們找臺階下！」

「不是三王子嗎？」在一旁安靜聆聽的亞爾曼忽然開口。

雷克藍一愣。「我確定『剪影』拿的是大王子的命令。若非如此，領主也不會動搖……」

亞爾曼搓著下顎沉思。

他記得那時聽見的明明是三王子，而且就印象中，三王子的領地也離這裡近多了。權勢也相對弱小，如果敦亭的領主聽見三王子的名號，加上彼此之間的密切關係，可能當場就擋下來了。

到底是怎麼回事？是他當時聽錯嗎？還是……

「抱歉，看來我將你們牽連進來了。」亞爾曼垂下頭說。

「別這麼說！是我先答應偷渡，才會讓你們走上這條路。」凱泱匆忙回頭看向亞爾曼，她無視雷克藍抑鬱的臉色，用力握住亞爾曼的手。「我會幫忙到底的。但你要怎麼辦？總不可能直接去首都討人吧？」

「國王鮮少讓我靠近權力核心，就算有我的學生在首都，可能也無法聯繫。」

「有名單嗎？我幫你。」

「凱泱——」亞爾曼搶先在雷克藍開口前先喊住女孩，並輕輕推開她的手，溫柔地說：「不必了，讓我自己來就好。我已經拖累妳的名聲，不能再把妳拖下水。」

「我可是『黑水』啊！」

「是的，妳的確是個優秀的標記師。」

那句話就像是在說「僅此而已」。

凱泱刷白了臉，一股委屈無處發洩，於是用力跺了跺腳，咬牙轉過身去，三人頓時陷入一陣沉默。

「凱泱大人，打擾了，有一封王室的信……」

就在他們愁眉不展的時候，一道聲音適時地從房間外傳了過來。那句話讓所有人都睜大了眼，凱泱率先有了動作，她衝向門口將信接過，在兩人的注目下匆促拆開封蠟，快速掃過上頭的文字說：「是邀請函。」

「邀請函？」

「國王的一百一十八歲壽宴——」凱泱的聲音從緊張逐漸轉為困惑，斷斷續續地說：「地點在首都王宮，雖然每年都會發邀請，但是……這也太怪了……」

「怎麼了？」雷克藍也忍不住問。

「封蠟的圖案跟信中的署名都是三王子。」凱泱將信紙翻了過來，反覆幾次確定自己沒有眼花看錯，然後才茫然地抬頭看向另外兩人。「但是他同時邀請了我……以及亞爾曼？」

「三王子？」亞爾曼皺眉問。

雷克藍接過信紙，仔細查看後才說道：「封蠟與信中的印章都是三王子領地的圖案沒錯，畢竟一直以來都是由他們發送邀請函，這並不奇怪，但是在邀請的名字這邊……亞爾曼的名字看起來像是補上去的，筆跡明顯比其他段落潦草。」

他輕輕一抹信紙上的墨痕，接著肯定地點點頭。「也就是說，這內容本來只是封普通的邀請信……封蠟也是事後才上的，顯然是親信所為。」

雷克藍濃眉緊蹙，凝重地看了亞爾曼一眼。

「雖然我平常不問政事，但我記得三王子應該沒什麼勢力才對？」亞爾曼抓了抓頭，似乎也想不明白。

雷克藍點頭，接著說：「三王子對於王位十分消極，最近也鮮少參與政事，聽說大多事務都移交到唯一的兒子手上，所以這封信極有可能來自於他的兒子塞文。總之，亞爾曼先生必須去一趟首都，我擔心你如果無視邀請，恐怕會惹上麻煩……」

「等一下。」凱決搶回信紙在手中揮舞，似乎無法同意。「這封信送來的時間與方式都不夠正式，我覺得很怪。」

「不，我必須去。」亞爾曼嘆了一口氣。「何況『剪影』若是要把伊拉帶回首都，那我沒有理由不去。」

「這——」凱泱看了看他，又看了看吞著唾沫、雙手緊握的雷克藍，「好吧，那麼雷克藍留在這裡，我跟亞爾曼應邀出席，有我在，相信他們不會隨便出手。馬車明天就能準備，頂多比壽宴早一週到首都，應該沒有問題。」

「我留下來？」雷克藍的聲音尖銳起來。

「別誤會，這只是為了不讓城堡沒有主人。」凱泱平靜地陳述。「你已經擅自替我開了一次門，我倒要看看你還會不會再有下次。」

雷克藍咬著嘴唇還想辯解些什麼，不過最後，他決定忍下那口氣。

「……我知道了。」

隔天，亞爾曼與凱泱一同搭上馬車，馬車寬敞舒適，沿著大道筆直往首都的方向前進。平常披頭散髮的凱泱，出發前也好好打扮了一番，頭髮整齊地梳起，身上多添了件華麗刺繡的衣袍，腳上也好好地穿著鞋子。看著少女亭亭玉立的模樣，亞爾曼差點認不出來。

另一車則載著侍女與行李，馬車外還有護衛隨侍。凱泱掌心撐著臉頰，視線轉往車窗外，實際上早就對這趟行程與風景毫無期待，甚至有些緊繃。

「亞爾曼，你參加過幾次國王的誕辰宴會？」她隨口找個話題。

「一次也沒有。」

「完全沒有？」凱泱驚訝地扭頭看向他。

亞爾曼雙手環胸，苦悶地吐出一聲長嘆，模樣頗為煩惱。「這個嘛，王室當然會基於禮貌發出邀請，但我也總會找理由婉拒，因為他們並不想要我出席。這已經是我與王室的默契了。」

「我以前就想問了，你為什麼都不生氣？」

「嗯？我當然會生氣呀。」

溫和的語氣、平靜的表情、還有隨波逐流的態度，那也能算是生氣嗎？

凱泱這些疑問到了嘴邊又吞回去，做出另一個結論：「好吧，看來『瀑風』對你真的很重要，冒險逃亡就算了，還讓你毫不猶豫地回首都……」

亞爾曼愣了一下。「其實，我也不全是為了艾恒。」

「咦、所以你對伊拉是真的喜歡？」凱泱睜大眼，忽然坐直了身子。

「當然是喜歡。」

凱泱眨眨眼，困惑地盯著亞爾曼看。

「我確認一下……你口中的喜歡，跟我的喜歡是不一樣的，對吧？畢竟，你是個經常用『喜歡』來評價他人的傢伙耶。」

「因為人呢，必定是和誰產生了獨特的經歷，才能得出『喜歡』的結論啊。」亞爾曼轉頭看向窗外變幻的景色，露出一抹充滿思念的笑。「結果看似相同，但過程往往是獨一無二，那才是喜歡上一個人的珍貴之處。」

「簡單來說，每個人對你來說都是獨一無二的『喜歡』嗎？唔、這個，該說是博愛還是多情……不懂啊，這也太複雜了。」

「哎呀，複雜的人應該不是我，是伊拉才對。」亞爾曼的語氣聽似無奈，但笑容卻是開懷的。「真是的，都這麼大年紀了，還能被個孩子耍得團團轉，我確實是變得遲鈍了。等找到他後，肯定得好好打屁股才行。」

聽著那過於愉悅的笑聲，凱泱打了個哆嗦。

她似乎有點懂了——現在的亞爾曼，確實在生氣。

「但……伊拉、還是艾恒？他們不是最想逃離王室的人嗎？」

「問題就在這裡。」亞爾曼別過眼神，「我總覺得，佔據伊拉身體的人不是艾恒。」

「什麼？伊拉在說謊嗎？」

「我也不認為。」

凱泱安靜下來，接著愕然地瞪大雙眼，「這什麼意思……」

「我在旅途過程中就在懷疑了，伊拉體內的艾恒，與我印象中的艾恒還是有些不同。當然，我也有可能記錯細節，所以為了驗證，我在慶典那天帶他上街，還故意把他的臉變成艾恒十幾歲時的模樣。」

「咦……艾恒八成會很激動，覺得你在對他惡作劇吧？」

「但他看著鏡子的時候完全沒有反應，在需要隱藏真面目逃亡的情況下，即使只是自己年幼的長相被暴露出來，肯定還是會覺得不安吧？他卻一點也不慌張。所以我確定了，他不知道小時候的艾恒長什麼樣子。」

凱泱叫了一聲，害怕地說：「等等！說不定只是艾恒在佔據的過程中，記憶產生了缺失？」

「那我認為問題還是一樣，那樣的他，還能算是『艾恒』嗎？艾恒曾經說過，人分為『記憶』、『靈魂』與『魂名』三個要素，那他究竟把哪個部分轉移到伊拉身上了？」亞爾曼瞇起眼，接著說道：「不，或許我該問的是──保留下哪個部分，對艾恒來說才算『活著』？」

凱決抽著氣，重重將背靠回椅子上，整個人像是忽然失重般陷入茫然。

「這是在搞什麼……說到底，不去搞禁術就不會變成這樣了吧？艾恒跟伊拉，他們之間到底做了什麼才會變成這樣啊……」

亞爾曼沒有出聲，他只是看著遠方的景色，想起了一些久違的記憶──

『記憶，靈魂，以及魂名。』

亞爾曼還記得很清楚。那段平靜無波的時光，他與艾恒趴在鋪滿乾草的床上研究筆記，專注投入於只有彼此與魔法的世界，直到這時，亞爾曼才驚覺艾恒早已對這個主題瞭若指掌，肯定在追隨愛斯特時、不，大概更早就在收集這些禁忌知識了。

當艾恒將自己的整理資料拿出來時，亞爾曼便看出這點，卻不打算拆穿。

亞爾曼知道這件事傳出去會發生什麼後果，而艾恒也願意承擔這份後果，畢竟他只在乎這件事。

『魂名可以控制一個人的意識，靈魂則是體內用來操控肉體的能量，記憶則……就是記憶？』亞爾曼看著那份筆記百思不解，『我不懂，為什麼是記憶？』

『因為我覺得記憶是型塑人格的關鍵，也是人們互相辨識、定義彼此的方式。』

『聽起來是滿有道理的。』

『不過對我來說，記憶是最不必要的，嗯，或許該說是最難保留下來的部分。也就是說我就算透過別人的肉體活下來，很可能會在人格上變成一個完全不同的存在，或者因為有所殘缺，完全喪失正常的人性也不一定。』

『艾恒，這樣分析下來……有點可怕。』

亞爾曼抓了抓頭才又說道：『如果捨棄記憶這一塊，不就像是在說，你並不需要那個獨一無二的自我嗎？如果缺少這塊，所謂的艾恒．布格斯真的還能算是「活著」嗎？』

『不曉得，我連「記憶」存在於哪個位置都還不知道呢。如果這個理論無誤，靈魂應該能利用魂名強制抽出，而魂名的交換雖然困難，但只要雙方合意就能執行，唯獨記憶，是不論任何人嘗試都無法成功的最終難關。』艾恒彈著紙面說道。

『使用這個禁術真的好嗎……』亞爾曼不自覺嘆了口氣。

艾恒皺起眉頭，輕輕踢了他一腳，『喂，我找你看這些可不是想聽喪氣話！』

『我、我知道啦！』亞爾曼緊張地抓緊筆記。

『我們如果成功了，就表示除去外貌差異之後，人類的本質其實都是相同的。』

艾恒在此時露出一抹奇異的微笑，『這樣的世界，反而非常地「公平」。我很期待呢。』

亞爾曼看著他眼中幽深的情緒，感到一抹戰慄。

不過那些都是在艾恒成為「瀑風」之前的過往。

在那之後，艾恒肯定想通了什麼，才會超脫了自身的苦痛與掙扎，不再執著死亡與重生的事。

亞爾曼一直以來都是這麼以為的。

艾恒鮮少回信、鮮少主動探訪友人、對任何事都雲淡風輕。

放不下的人是亞爾曼自己。

嘴裡說著不能與艾恒有所牽扯，卻還是在每一個落腳處提筆寫信，光是聽到對方願意收下信，就已經感到莫大的安慰。那薄薄的紙張，維繫著亞爾曼最不願忘卻的珍貴青春，只要寫了信，愛斯特就好像還活著，艾恒也不曾離開過自己。

他不敢說那份心情還是「愛情」。

物換星移的歲月中，他認識過許多人，也與那些人填補起寂寞空虛的時光，艾恒依然重要，亞爾曼卻已經不再輕易幻想兩人可能的未來。

『也不想想我是為了誰才變成這樣。』

但是那天在海邊，艾恒用伊拉的身體說了這麼一句話。

那是什麼意思呢？又是對誰說的呢？

如果，那句話是對著亞爾曼說的，那他該承認自己這些日子以來，全都搞錯了嗎？艾恒究竟是抱著什麼心情，決定不再坦然面對死亡？

亞爾曼以為自己能夠將這些疑惑問出口，然而他卻久違地感到害怕。

第三章　捲入風暴之中

「亞爾曼，我們到了！」

他們在中間的城鎮停下馬車，由於這座城鎮建在交通要道上，旅店也十分好找，凱泱帶著他到其中一間高檔的「星塵旅店」下榻，從旅店老闆的反應來看，凱泱似乎每次出遊時，都會選擇在這間旅店歇息，就連入住的過程也十分熟練。

凱泱要了兩間房。亞爾曼環顧四周，發現這間旅店乾淨而整潔，也比其他地方大得多，建材都是用石灰與磚塊，並塗上鮮明的色彩，到了這裡，已經隱約能看見與首都相似的建築風格。

「他把我們兩間房分開得真遠，奇怪，我還以為這時間不容易客滿呢。」凱泱掃視完二樓的一排房門，納悶地看向亞爾曼。「角落這間是給你的，走吧，先去看看——咦？」

亞爾曼跟凱泱才剛走進房間，便驚訝地愣在原處，只見房間擺設雅緻、傢俱簡單而齊全，粗糙的石地板另外以木頭鋪設出走道以及一張乾淨舒適的床，這一切都很完美。

除了床上正躺著一個呼呼大睡的男人。

那男人看起來不過三十歲，有著一頭凌亂的棕色短髮，不曉得是睡亂的，還是本來就是那副模樣。而且體格修長高大，那張單人床顯然快容納不下他。

「唔……你們總算來了……」

「我們走錯了？」亞爾曼低頭端詳凱泱的反應，但少女卻大大嘆了口氣，一個勁地張大雙眼打量那男人。

「我就知道是您，塞文殿下。」凱泱丟下手邊的行李，大步往床邊走去，「許久不見了，您還是一副不修邊幅的模樣。」

「小凱泱不知不覺都已經長這麼大了……」男人悠悠轉醒，伸出大手，寬鬆的布衫微微滑落露出結實的肌肉，他半夢半醒地說道：「快，讓我抱抱妳，可愛的小凱泱……」

「還請殿下自重。」凱泱冷冷拍開男人的手。

「怎麼搞的，妳的打扮竟然變得這麼正經，好寂寞啊……好懷念那個總是在城裡赤腳奔跑的邋遢小鬼，還有在妳頭上甩來甩去的海帶……」

「好的，亞爾曼，如你所見，這位就是塞文殿下——三王子邁修．金的親兒子。」凱泱無奈地伸手指向床上的男人。「看來可以確定那封邀請函八成是他寫的，所以早早在這裡等著。」

「也沒那麼早，我可是連夜趕過來的，所以才會忍不住投入棉被的懷抱……」男人終於溫吞地坐起身，整了整那寬鬆的深色布衫，悠哉開口：「你就是亞爾曼．昂傑？唔，比『剪影』形容得更加年輕俊美呢。」

「別扯開話題，你一直都在看著我們的行動嗎？」凱泱沒好氣地問。

「這倒沒有，若不是我追查『剪影』的去向，也不會曉得妳跟亞爾曼竟然在計劃渡海。我在情急之下送出那封信，就是為了找機會與你們會面。」他無奈地打著哈欠，「其實，這事可大可小，所以我只是想確認——在知道這封邀請函有詐的情況下，你們還是決定前往首都？而不是接受大王子的開恩，留在敦亭當作什麼事都沒發生？」

能夠在這麼短的時間做出決策、寄出邀請函，怎麼可能現在才打算了解細節？這就是三王子的兒子，現任的實質領主——亞爾曼細細打量這名高壯的男人，雖然塞文殿下表面看來極不正經，做起事來的決斷力反而更顯恐怖，讓他不禁想提防這個人。不過，凱泱並未意識到這點，臉上的表情甚至放鬆下來，亞爾曼看著那反應，這才往前走了一步，語氣篤定地開口：「是的。」

「我也是。」凱泱立刻點頭接著說：「他們的願望，就是我的願望。」

「為了讓那個用了禁術的標記師活命？為什麼？」

「沒有理由，完全是出於我的任性與情感。」她不等亞爾曼開口，坦蕩蕩地挺起胸膛。

「凱泱，這種話是妳五歲時才能說的。」塞文誇張地翻著白眼。

「我認為我現在還是有資格說出這句話。硬要說原因，就是我是最優秀的『黑水』，即使早就可以與母親一樣進入大海生活，但我卻選擇留在王國內繼續為你們付出。」她瞇起眼，說這段話時完全沒有害怕與膽怯，想必當她面對國王時，也不會覺得自己需要收斂這股氣焰。「亞爾曼是我重要的朋友，艾恒則是他最重要的人，所以我無論如何都希望他們能活下去，如果你們王室連這點也做不到，那當然就只能由我來。」

亞爾曼跟塞文同時張大了眼。

不過也多虧凱泱那張狂的發言，三人之間的氣氛反而緩和下來。

「哇啊，還真虧妳說得出口……」塞文用力抓著頭髮，一臉頭疼的痛苦模樣。

「雖然我早就猜到是這種答案，妳啊，這種話如果被其他王室聽到，肯定我們三個人都會被送上斷頭臺啦！」

「因、因為我不講到這程度的話，你可能就不會幫忙說情了嘛……」凱泱故作高傲的姿態頓時僵住，臉也不爭氣地紅了。

「原來是吃定我仰賴敦亭的海上貿易嗎？不得了，妳真的該好好感謝雷克藍，那小子肯定幫妳處理了不少政治危機。」塞文吐了口氣，卻又馬上換了個表情，變成微微得意的笑容。「不過！妳很幸運，這次的事我會幫忙！只要能讓偉大的標記師心悅誠服地替王國服務，對我來說就是最划算的結果了。」

「太好了，亞爾曼你看，塞文殿下果然是個好人！」凱泱大大鬆了口氣，立刻露出燦爛的笑容，抓緊亞爾曼的衣袖。

「什麼叫『果然是』？我明明一直都很通情達理。」

「想把我的稱號改成『海帶一世』的你，離通情達理還差十個船身啦。」

「那只是玩笑話……」

亞爾曼看著兩人吵吵鬧鬧的對話，也暗自感到慶幸。

照這樣看來，命運或許還是站在自己、不，站在伊拉那邊吧。

短短幾句話內，塞文的意圖已經顯而易見，即使表面上不提，亞爾曼也曉得這次欠了多大的人情，而他極力避免涉入的政治勢力，如今也不可能輕易保持中立了。或許這正是塞文願意出手的原因之一。

「謝謝殿下，我還有個問題……請問『剪影』究竟是替誰做事？」趁著氣氛正好，亞爾曼趁勢拋出內心的疑惑。

「那傢伙是大王子、噢，現在是親王席歐夫，第一王儲，特地派來監視我的標記師。所以孟格塔表面上是我的臣子，實際上是在替親王做事……吧？至少這次帶走艾恒的行為，可不是我的命令。」塞文搓著下顎說道。

「即使這樣，您仍把他留在身邊。」亞爾曼略感驚訝。

「為了自清啊。親王沒有子嗣、嬸嬸沒有繼承權、我父親又生病臥床，所以我的王儲順位有點、嗯，太前面了，反而惹得親王不高興。為了讓他相信我沒有野心，我可是做了不少努力呢。」塞文的口氣十分輕巧，甚至帶著一絲自嘲，忽然間，他高舉雙手，盤腿坐在床上。「等等，我都快餓死了，你們就打算這樣站著把問題問完嗎？」

「我去叫些酒水。」凱泱機靈地轉身，整個人溜出門外。

當她離開後，塞文才朝金髮男人伸出手。「坐吧，『百花迦藍』，別說你是在等我准許，你應該是個更有趣的人吧。」

亞爾曼這才坐上一旁的椅子。「殿下口中的『有趣』讓我緊張了。」

「畢竟我沒機會與你直接見面，所以只能任由流言經過耳朵。但我還是比較喜歡親眼見證。」塞文笑了笑，粗糙的手指在耳際打轉。

塞文側躺回床上，把自己靠在柔軟的枕頭裡，他雙手交握，享受地露出笑容。「其實，我關注你的事很久了。但我們若不先踰越規矩，就無法正常地對談。不覺得很奇怪嗎？」

「所謂的規矩，不也是你們說了算？就連國王也是，他真的打算透過艾恒重新獲得一個身體？」亞爾曼瞇起眼。

「以我對祖父的了解，他確實對長壽異常渴求，尤其祖母死後，那股偏執更是明顯。」塞文垂下眼簾，「哎，硬是多拖了十幾年，真的讓我們的第一順位等得很苦啊。」

亞爾曼聞言，憤怒地抓緊椅子扶手，努力不在王室成員面前失態，吐出難聽的話。「……那是你們王室的事。」

「真難看的表情啊，大魔法師，我還以為你會像凱決或艾恒那樣，盡是些難以理解的傢伙，你倒是挺親切的，可說是我見過最像普通人的魔法師。」他搓著鬍渣，咧嘴說道。「那麼，就用你能理解的方式說吧，我回首都有自己的目的，而且幫助你搭救艾恒，正好可以達到我的政治利益。」

「這是要我在國王死後，站在您那邊的意思嗎？」

「喂，不是想出海？既然都要去異國，你站在誰那邊也不重要了。」塞文忽然用力「哈」了一聲，欣賞亞爾曼驚訝的表情變化。「我說過，我得親眼見見你是個什麼樣的人。在看見你的當下，我就明白你對王國一點威脅也沒有，那麼同樣都是放逐，比現在更遠一點也無所謂啦。」

「您的言下之意……是要讓我帶著伊拉再次渡海？」

「要這麼解讀也是你們自己的事。每個人能守護的範圍有其極限，認清自己的極限在哪、又能為此付出多少，是最優先的事項。」塞文語帶暗示地說著：「至少我呢，只想顧好自己領地上的事，在那之外的國家問題，都與我沒有關係，也沒有資格插手啊，對吧？」

亞爾曼被那外表粗獷、談吐大膽的男人給震懾了。他明明沒有說明任何細節，那話語卻誠懇有力，並不像是虛浮的承諾。

顯然，這個男人比想像中更加了解自己，也知道自己想聽見什麼。

這樣的人，真的沒有心思稱王嗎？

◆◆◆

伊拉看著首都的風景。

玫瑰色的城市鋪落在豔藍色的蒼穹與綠蔭之間，宛如平原上盛開的花叢。這間房間有扇推不開的窗戶，就算破窗逃出，那高度與平滑的牆面也只會讓他墜塔摔死，伊拉只能看著山丘底下的城市景緻發楞，稍微緩解被囚禁在房間內的不適感。

來到首都以後，他立刻被帶至這個舒適明亮的大房間內，門外由兩個守衛輪流盯著，完全無法離開房間一步。這整個狀況都讓他不安極了，負面的念頭不斷流入腦中，他好想躲進黑暗的角落，讓自己再次失去意識。

「喜歡這景色嗎？」孟格塔不曉得何時出現，他手上捧著裝滿餐點的銀餐盤，甩著銀色短髮走了過來。

「哈啊！」伊拉瑟縮在床上，呼吸也急促起來。

「你還好嗎？」

「不……不太好。」

伊拉的臉色蒼白無比，心跳加快，彷彿隨時都會暈倒似的。伊拉半垂著眼，整個人靠在床上，將自己瑟縮到牆角的位置，身邊沒有亞爾曼的陪伴，焦慮的情緒再度放大，讓他不斷想要逃離孟格塔的目光。

如果打破窗戶的話，確實可以逃出去，但是魔法如果使用不當，他很可能會受傷致死，或是被識破行蹤的士兵輕易抓回——到那地步，可能就不是關回房間那麼簡單了。

他沒有冒險逃跑的勇氣。

孟格塔顯然也從他慌張的眼神中確認了這點。

「你看起來還真是緊張。」

「因為，你把我關在這裡……」

「這哪叫關啊？我是在替你安排覲見國王陛下的時間，還在等候回覆而已。」

「我要以什麼名義覲見陛下？」伊拉輕輕抽了一口氣。

「這不是很明顯嗎？艾恒成功在你身上使用了靈魂禁術，這是幾百年來頭一遭有人成功，所以國王無論如何都想見你一面。」

「所以你一開始就不打算救我。」伊拉醒悟過來，卻也因此感到戰慄。「聽見父親在研究禁術後，你故意等他成功……等父親真的佔據我的身體之後，你才派人過來，把我帶走……」

「唉，你把我也想得太邪惡了吧。真的就只是時機不湊巧，我是說，你們完成禁術的時機也太剛好了，王室的壓力讓我無從選擇，只能將你的事情報告給大王子……畢竟，哪有王室不想理解生命的真理呢？」

伊拉不確定自己是否真的理解了孟格塔的暗示。

他揪緊自己的衣領，雖然那答案早有預期，不過親耳聽見孟格塔說出口時，他還是被沉重的現實壓得難以呼吸。

「我調查過你的背景，伊拉，你出生於窮鄉僻壤，有趣的是，鄰居對你的印象並不好，喔，該說是十分兩極？加上年紀明明最大，工作能力卻是最差的，所以才會被父母賣掉。結果，你卻被路過的艾恒買了下來，對嗎？」孟格塔雖然臉上掛著微笑，語氣卻不帶半點情緒。

「你問這些……」

「跟艾恒的經歷有些相似呢，這大概也是他看上你的緣故吧？方便聊聊嗎？關於那個人的事，不論是平常相處的細節、施展魔法的過程或是任何他說過的話。」孟格塔坐下，將銀餐盤放上桌子後，逕自拿起麵包吃了起來，當他注意到伊拉詭異的視線後，又彎起那好看的笑容。「怎麼了？你不餓吧？」

別告訴那混蛋。什麼都別說。

伊拉腦中有股聲音這麼說。

那聲音聽起來像艾恒的口氣，伊拉並不確定。他以前從來沒有跟身體裡的艾恒直接對話過，也不會像這樣聽見艾恒的聲音；他與艾恒之間的意識，是不是變得更加靠近了？

光想到這點，就讓伊拉感到痛苦。

「老師……呢？」伊拉咬著嘴脣，只能顫抖地吐出疑惑。

「他沒事，既然你都來了，王室也沒打算究責。所以我跟亞爾曼老師打聲招呼，請他恢復原本的生活，現在他大概平安地回到瓏里了。」

「你騙人。」

「他本來就不該被捲入，是你多餘的行動浪費我們所有人的時間。」孟格塔舔了舔自己雪白的手指，拿起最後一塊甜麵包張口咬下，「唉，虧我還說動王室派人前去救你，雖然慢了一步，你被艾恒佔據，但也不需要將王室想成豺狼虎豹，好像只想砍人頭顱似的。」

「……老師才不可能就這樣回去。」這句話像是伊拉在說給自己聽。

孟格塔抬頭望了他一眼。「其他標記師也就算了，但我說的可是亞爾曼老師，那個最聽王室話的男人唷。」

「我——」他停頓，這次腦中沒有任何聲音反駁這點。「我希望能再見老師一面。」

「又是一個被迷住的……」孟格塔一手抵在下顎，目光冷峻起來。「勸你還是忘了吧，那個輕浮的男人，肯定轉頭就把對你的表白拋在腦後了。」

「什麼？」

「我可是親眼見過。以前還在當他學生的時候，無數人爬上過他的床，有時是他主動勾引，有時是別人自己跑來敲門，你知道，有些地方沒什麼娛樂嘛。」銀髮男子聳聳肩，口氣充滿尖酸嘲弄。「總之他很少拒絕，也不在乎別人如何評價他，反正到了下一個城鎮又是新的開始……這些事你都沒聽過嗎？」

銀髮男人的態度，除了對亞爾曼的敵意之外，伊拉似乎還感受到更深的情緒。

他胃一沉，忽然感覺整個身體都緊繃起來。

伊拉抱著肚子問：「那你呢？你跟老師之間……」

孟格塔聞言燦爛一笑，眼中卻只有冰冷，在黑色的長斗篷籠罩下，像道長影自伊拉眼前一晃，便迅速來到他面前，眼中劃過銀月般的寒光，白皙的手指貼著伊拉臉龐，那溫度就與孟格塔給人的感覺相同，又冷又銳利。

孟格塔朝伊拉的臉吹著氣，「他誇過我的那些話，你想聽嗎？」

伊拉紅了臉，但他馬上意識到自己並不是害羞，而是被羞辱的憤怒。

看見少年的反應，孟格塔開懷地笑了，像個惡作劇得逞的孩子。

忽然，他黑色皮製腰帶上掛著的飾品輕輕晃動起來，那是一個銀色的迷你鳥籠，不過裡頭裝著的並不是動物，而是一小團黑影，孟格塔斂起笑意，低頭看著那顫動的黑影，輕聲喃喃了幾句，緊接著，他臉上的表情變得更為驚訝。

「不會吧，還真的來了——」孟格塔脫口而出，但隨即又收起表情，恢復那輕佻的冷漠。「嘖，看來沒時間嚇你了，走吧，我們得出發了。」

「剛剛是在嚇我？」伊拉喘著氣，漂亮的雙眼頓時睜大。「我、我們要去哪？」

孟格塔一個轉身，人已經到了門口。

他按住腰間的小籠子，裡頭的黑影就像在與男子共鳴似的緩緩飄動著。

「要見國王了。走吧。」

伊拉冒著冷汗，想不透孟格塔在搞什麼鬼，但也知道自己不可能在此刻推託，加上侍女已經被孟格塔喚了進來，於是伊拉被強押著進行梳洗打扮，而孟格塔從頭到尾皆盯緊少年。在男子的監看下，伊拉被換了身宮廷風格的正裝，白色襯衣套上柔軟的米色外袍，衣邊繡著金色圖騰，伊拉對那圖騰有印象，是象徵艾恒「瀑風」的強風紋飾。

我又不是父親。

伊拉焦慮地看著那紋飾，孟格塔卻冷冷睨了他一眼，還算滿意地點點頭。

「走吧。」

伊拉虛弱地抬起腳步，隔著一段距離跟在孟格塔身後。

他們走出房門外，繞過花園、餐廳、長廊、馬廄、練劍場，接著走出側門，伊拉才發現他所待的房間並不在主城堡中，而是城堡隔壁的一棟迎賓建築，與主堡只有一小段山路的距離，他們走在僅有雜草與石道的山丘上，強風呼嘯而過，讓人聽不見其他聲響。

伊拉看著主城堡的大門，精銳士兵在門口兩側看守著。

孟格塔帶著伊拉進入，主城堡的格局更加複雜龐大，巡視的精銳士兵也更多，伊拉正想暗自記下他們前進的路線，孟格塔卻忽然用魔法招來影子，將他們四周的建築物包入黑暗之中，伊拉甚至懷疑孟格塔故意多繞了幾個彎，才來到其中一座塔頂，在偌大的木門前停下。

爬到這裡，伊拉已經氣喘吁吁，而且完全記不清過來的路線。可見孟格塔早已猜出伊拉的心思，又或者，那就是孟格塔的習慣，這個標記能力運用在宮廷內確實十分適合。

「請進。」孟格塔冷傲地微笑，悠悠推開那扇木門，等待伊拉走入。

你應付不來的，交給我。

這次，伊拉難得對腦中的聲音產生動搖。

他硬著頭皮甩開那聲音走入房內，意外地，高塔頂端並不寒冷，溫暖的火光點亮空間，正在燃燒的蠟燭散發出植物香氣，地板鋪著柔軟的動物毛皮，而從那些乾淨整潔的日常用具來看，住在這裡的人顯然受到極好的待遇，即使如此，也掩飾不了床上散發出來的死亡氣息。

那並非排泄物的惡臭，而是垂死的老人從體內散發出來的氣味，怎麼也洗刷不掉，只能以香油抹遍全身，勉強掩蓋過去。毫無疑問地，床上的白髮老人已經奄奄一息，若不是胸膛仍起伏著，伊拉可能會以為老人已經死了。

「陛下……」伊拉忍住驚訝，鞠躬問候。

坐在床邊的男人聽見聲響後站起身，他的體格十分精壯，臉龐的紋路藏在整齊的鬍鬚下，頭髮也仔細染色過，唯獨那雙充滿歷練的沉穩雙眼透露出男人的年紀，他身上穿著絲綢打造的華貴長袍，繁複的花紋與刺繡都是皇室才能縫製的圖案。

「親王殿下，我將他帶來了。」孟格塔在問候的同時，也順勢讓伊拉明白眼前男人的身分。

「所以，這位就是『瀑風』。」親王的聲音有些沙啞。

「目前還是他的養子伊拉。」

「喔，這是共存了？」

孟格塔沒有解釋，而是看著伊拉，以眼神暗示他該怎麼做。

讓我來。

腦中的聲音讓伊拉緊張地搖著頭，「不、我不想……」

你有辦法應付這些王公貴族嗎？別蠢了，在你眼前的人可是國王與親王。

「就算這樣……」

這一次就好。你也想離開這個鬼地方吧。

伊拉恐懼地吞嚥著唾沫。

艾恒說得沒錯，這肯定不是他能應付得來的場面。

於是伊拉用力閉上眼，想像自己回到黑暗之中，一道光芒在眼前晃過，宛如深夜中的提燈，卻不是往自己身上照去，而是另一個與自己一模一樣的少年，背對著自己接過那團光，走出這片漆黑的世界。

接著，他感覺自己的思緒越來越沉，強烈的睏倦感襲來。

伊拉癱坐下來，試著讓自己保持清醒，在黑暗中，他聽見有個人用自己的聲音開始說話，只是語氣、腔調、態度都與自己完全不同。

「參見陛下與殿下。」

那個與伊拉相同的嗓音，忽然堅勁有力、俐落無比。

此時綠髮少年的眼神不再畏懼，身軀也挺直起來，直勾勾地看著親王。

在場所有人都被那突如其來的轉變給震懾了。

「『瀑風』。」親王語氣篤定地說。「這語氣以及眼神……我認得，果然沒錯，你真的轉移了你的靈魂，真叫人吃驚。」

「殿下，您的情緒裡沒有恐懼，這才讓我吃驚呢。」

「我並非第一次見識靈魂轉移的魔法。這些年來，國王陛下一直都在尋找延長壽命的方法，不過我得說，之前的魔法都有些……不足之處。」親王說話的同時移開了視線，來到國王衰老的面容上。「而身為他的兒子，我自有義務完成他的願望。」

「殿下，不是所有願望都非得成全不可。」

「那畢竟是國王所下的命令，另一個原因是，葬送母后的感覺太過痛苦，我還沒有準備好再與父王告別。我知道標記師們都是脫俗超凡之人，只是……死亡並非容易跨越的障礙，我以為你尤其能夠理解這點。」

艾恒思索了一會兒，接著開口：「那麼，殿下願意做到什麼程度？」

「如果你需要錢、材料、任何資源，我都能提供。」

「如果我說，只要親王殿下的身體就可以呢？」艾恒彎起眼，在孟格塔逐漸難看的臉色中說道：「雖然說陌生人也可以，但至親之人的穩定性還是最好的。」

「你——」

「沒事，孟格塔。」親王先舉手制止孟格塔前進，並嚴肅地凝視艾恒許久。「這是對我的測試嗎，『瀑風』？」

「如果殿下把這點犧牲視為測試的話。」

親王一手貼在下顎思索起來，「為什麼是至親之人？」

「因為共有記憶、性格遺傳、行為模式都是最熟悉的。」

「我再確認一次，艾恒．布格斯，你說的事情真的是靈魂轉移？還是單純在模仿死去的人？」

艾恒笑而不語。

親王見狀也撇起嘴角。「看來，你懷疑我想利用你。」

「是的。我認為您根本不在乎我是否施展禁術成功，而是拿我當國王死去的藉口，還能讓您安然繼位。」

「你很坦白。」

「您特地把士兵和侍女趕出房間，不就是為了讓我們有話直說？」

「而你提出的辦法，是為了給自己找臺階下？或是在測試我的意圖？」親王並未否認艾恒的說法，逕自說了下去，「不過這讓我更好奇了，你真的是艾恒本人嗎？」

「答案對殿下來說已經不重要了吧。」

「不，我是真的想知道，世界上究竟有沒有靈魂魔法，以及你們標記師眼中的真理。另外，父親年事已高，早就無力施政，由我代理事務多年，就算我想要繼位，也不需要假手他人。」親王不慍不火地說著，並未被艾恒的無禮惹怒。

「可見第一順位對您來說恐怕還不太夠——」

艾恒才剛說完，孟格塔就忽然出現在他身後，一手用力架住他的脖頸，另一手以暗藏的銀刃抵在他的頸邊。

「孟格塔，放開他。」親王淡淡下令。

「您不需要忍受他的瘋話，殿下。」孟格塔冷冷說道。

親王安靜地看著躺在床上昏昏沉沉的國王，從剛才開始，國王就沒有睜開過一次眼睛，意識遊走在夢境邊緣，親王伸手撫摸那雙手蒼老的紋路，百般不捨地握緊。

「最近，父王經常咳嗽，痰卡在他的喉嚨，讓他數次無法呼吸。昨夜，他咳了一整晚，才總算將那口致命的痰吐出來，然後他看著我，顫抖地說了句話，你知道是什麼嗎？」

「不知道。」艾恒在孟格塔的利刃底下依舊泰然自若地回答。

「我好怕。」

艾恒微微蹙眉，卻沒多說些什麼，而是保持冷酷的面容。

「明白了嗎？艾恒．布格斯，治好他。不然，你也別想從這裡出去了。」親王的聲音深沉，他抬起頭來，目光中充滿憤怒與壓迫，夾著濕潤的淚霧。

孟格塔見狀也鬆開手，與艾恒保持一步之遙的距離。

「來吧，好好表現，『瀑風』。你記下的那些研究我都看過，我知道這過程不會花費太多時間，對嗎？」孟格塔雙眼瞇得細長，細柔的聲音中藏著不言而喻的威嚇。「如果你想拖延時間，我會察覺到喔。」

艾恒轉過頭來，冷冷瞪著孟格塔。「你這傢伙，還真是把伊拉利用得徹底。」

「哦，你介意嗎？」

「我只是沒想到世界上竟然有比我混帳的傢伙。」

孟格塔露出一抹微笑。「我確實對他做出許多無謂的保證，不過無所謂吧？只要能夠幫助國王，你和伊拉也乖乖配合的話，事後我肯定會補償的。」

「哼，滿嘴屁話。」

他摸著自己被孟格塔劃開的淺淺傷口，接著在兩人的注視下，走到那氣若游絲的老人身旁，眼見國王淺淺地呼吸著，毛髮稀疏，臉上被皺紋擠出虛弱的表情，光用嗅的也能明白，老人身上的每個細胞都正步入衰敗。

此刻，國王雙眼半開，目光勉強聚焦於艾恒臉上，薄唇擠出呻吟般的吐息。

艾恒恍惚地看著那模樣，那即將消逝的生命觸動了他的內心，那個連他自己也不敢回想的脆弱。滿是病痛的身軀、飽受折磨而疲憊無力的心靈，以及對於這一切的無能為力，時間殘酷地細數著衰亡，人們僅能反覆向生命提出詰問——他明白國王為何會有那種眼神，那是從諸多思緒提煉出最純粹的恐懼。

站在這個位置的自己，完全沒有資格斥責任何想要活下去的人。

他憐憫地伸出手，輕輕覆在老人冰冷的手背上。

「魔……法師……」老人激動不已，吃力地吐出破碎字句。

「是。」艾恒冷著臉回應，聲音卻柔和得多。

困。

「我……救我……」

艾恒張嘴，猶豫著該如何開口。

他應該要想辦法讓自己脫困，或者是爭取時間，換來任何一點逃脫的機會也好。只要在這裡拯救國王——至少先騙過身旁那兩個人——他就能再度找到方式脫困。

艾恒早已想好了說法，只是當他盯著國王瞧，在那靈魂中讀出國王真正的情緒，他本要施展魔法的手忽然停下。腦中閃過些許畫面片段，那是在藤泥裂口的木屋中，而他所見到的景色……彷彿在暗示凡事不能違背生命的意志。

他很想找機會逃離這座城堡，但是在將死之人面前，他必須做出抉擇。

「抱歉了，伊拉——」艾恒發出堅定的聲音，腦中還未響起疑惑的回應，他已彎腰來到國王耳旁說道：「萬物皆有生死，國王陛下，每個生命都有所屬的位置。但是在那之後，等您閉上眼的那一刻，您將會發現漫無邊際、充斥著魔法的世界。」

「你在做什麼？」親王蹙眉。

艾恒端詳著老者逐漸平靜的反應，繼續說道：「死與生是一體的存在，也是所有魔法的源頭，您很快就會明白，自己將身處真理之中，請陛下放心，這段經歷並不可怕。」

「艾恒・布格斯！」親王低喝一聲，抓住艾恒的肩膀往後扯去，擋在中間護著國王。孟格塔立刻配合著來到艾恒身旁，一手抓住他纖瘦的臂膀。

艾恒站穩腳步，抬起頭，澄澈的目光中沒有半點畏懼。

「那就是我唯一能給國王陛下的魔法。陛下並不是想要逃避死亡，只是不知道該如何面對死亡罷了。」

「把他押入牢裡！」親王背對他們厲聲一喝。

孟格塔聞言吹出一聲響亮的口哨，門口立刻進來好幾名精銳士兵，接手扣住艾恒的身子。這時孟格塔一手舉起燭臺照亮艾恒的臉，另一手則將腰間的小鐵籠打開，原本的黑影立刻竄飛出來。孟格塔朝艾恒伸手，抓住艾恒耳側的陰影，接著握緊成拳收回小鐵籠內，緊接著，艾恒的影子便缺了一塊，而小籠裡又重新多了團黑影。

「那是什麼？」艾恒淡淡問道。

「你不必知道。帶走。」孟格塔垂下長長的睫毛，轉頭朝那些士兵下達命令。

待士兵將艾恒帶出房間後，房間再度回歸沉重的寂靜。

孟格塔嘆了一口氣，輕輕放下燭火，讓身體重新被黑暗包覆。他一臉凝重地站在床尾，看著親王的側臉，臉上盡是遲疑與不安。

「你追蹤的亞爾曼呢？」

「正朝這裡過來，這點出乎意料之外，我猜大概是『黑水』的幫助。」

「我不能隨意對『百花迦藍』與『黑水』出手。」親王煩躁地說，「算了，別讓他進來城堡就好，然後……」

親王的聲音忽然一啞。

「殿下？」孟格塔機警地抬頭。

只見親王貼近國王身旁，伸手覆上那雙冰冷的手，隨即又拍了拍老人的臉頰，然而半點反應也沒有。

國王嘴角微揚，嚥下了最後一口氣。

第四章　破局

亞爾曼站在街燈下，雙手挽起金色長髮，反覆打量自己被火光映照在牆壁上的影子，略微驚訝地再三確認，「回來了。」

站在一旁的男人愣了愣，「什麼回來了？」

「我的影子。」

塞文不解地打著哈欠看他，整個人包覆在樸素的長斗篷底下，模樣像個不起眼的跟班。

他們在首都外不遠處的小鎮歇息，倚著主幹道而建的歇腳鎮，匯聚了來自各個地方的旅人，那些旅人通常也見多識廣，因此塞文也變得更加低調，盡量不讓人對他們的出現多做聯想。

當夜漸深，兩人手持火把離開熱鬧的街道，往旅館的方向回去，準備與凱泱會合。一路上沒什麼燈光，反而能夠看清楚來自首都的點點燈火，就位在半天即能抵

達的大道盡頭，磚紅色的城牆像是小山丘上的一條腰帶，在那之上，是燈火通明的繁華，尚未涉足過首都的人們看了都充滿欽羨。

「不是一直都有嗎？影子。」塞文看著亞爾曼的腳下，黑影正隨著火光搖曳。

「孟格塔有個能力，可以剪下並收藏人的影子，不管對方躲到哪個角落，都能追蹤對方的位置。」亞爾曼摸著自己的左耳說：「不過他一次只能追蹤一人，現在我耳朵的影子回來了，表示他追蹤了新的對象。」

「原來如此，所以才叫『剪影』。」塞文恍然大悟。

「有時候王室給予的稱號，是為了刻意混淆真實，好讓外人敬畏，又不能馬上猜出能力。若不是曾經教過他，我也不會曉得那種能力正是他的畢業課題。」

「不過孟格塔對影子的控制，似乎不只是這樣而已。像是把人化為影子，或是利用影子製造出半真半假的幻象……」

「那肯定是他在獲得稱號之後，繼續鑽研出來的能力吧？他從以前就是個很優秀的學生，對於自己追求的理想，有著很明確的藍圖；他的目標可是皇家首席標記師，就算研發出兩、三種獨門魔法，我也不意外。」

「首席標記師啊……」塞文喃喃自語著，或許是在思考這件事與宮廷鬥爭之間的關聯。

接著，他們總算回到簡陋的旅館，到了這裡便沒得挑選，有房間能過夜就算幸運，當兩人關上房門後，外頭吵鬧的聲響仍能透過木板隙縫傳進來，凱泱已經在房間內等著，表情煩躁不已。

「我準備好了。」她劈頭便說。

「那就開始吧。」亞爾曼點頭。

塞文才剛脫下兜帽，愣怔地看著兩人，「開始什麼——哇啊！」

他驚訝的叫聲立刻被凱泱控制的水給淹沒，三人站得很近，而凱泱舞動著手，口中一張一闔，事先準備好的大量冷水將三人團團包住，形成一顆巨大水球。

「只要泡在水裡，孟格塔就算躲進影子也偷聽不到啦。」凱泱笑著吐出氣泡。

「好冷！妳怎麼不用溫水！」塞文抱緊雙臂吶喊，聲音化為更大顆的氣泡，但是在凱泱的標記下，他們除了冰冷之外沒有任何不適，能夠順暢地呼吸與發出聲音。

「這才是我習慣的溫度，陸地熱死了。你就盡快說重點吧。」

「妳肯定是故意的……嘖，總之，我跟亞爾曼去了一趟街上，聽說席歐夫親王剛才忽然敲響喪鐘，還逮捕了一名標記師。」

凱泱的表情在水中變得極為扭曲，「逮捕伊拉？」

「他們沒有說是逮捕了誰，只說這名標記師用了禁術。」塞文彎起雙眼，語氣帶著一絲譏諷。「順理成章地讓國王下臺，再把學會禁術的標記師公開處理掉，反正只要描繪成是國王貪婪長生不死的下場，沒有人會責難席歐夫親王的。」

凱泱什麼也沒說，但她此刻的神情充滿鄙夷。

「壽宴理所當然地取消，並拒絕所有標記師的會見，慶幸的是，他們沒有公告處刑標記師的時間。」亞爾曼接著說。

「這代表什麼？」

「代表妳進不去宮中，但我和亞爾曼可以。」塞文噢了一聲賊笑起來，補充說道：「更正——是我和準時換班的監獄守衛可以。」

◆◆◆

艾恒坐在骯髒的乾草堆上，一手貼著胸口，感受心臟平穩的跳動。

他還活著。

僅僅是個平凡無奇的事實，卻因為走在他人的死亡之上而變得深沉。生命是仰賴相等的犧牲維持平衡的。他早就應該明白這點。

他原本是打算逃走的。

國王的床邊有一扇窗，他可以利用風飛走，或是將風引入室內捲走燭光，他明明能夠輕易做到。偏偏那充滿餘裕的想法，卻在對上老者的眼神後完全消失了，黯淡的目光勾起他深處的情緒，迫使他做出最糟的決定。

現在，他即將為那個最糟的決定付出代價。

「你做了什麼？」孟格塔的聲音從牢獄外傳來。

即使語氣中沒有情緒，孟格塔臉上依然掛著笑容。他朝一旁的獄卒招手，獄卒立刻拿出鑰匙替他打開牢門，讓那道黑色的影子鑽入，蹲在餓到動彈不得的艾恒面前。

「幹嘛？」艾恒發出沙子在喉嚨滾動般的啞音。

「你知道國王死了吧。」孟格塔雖然笑著，眼中卻帶著寒冷的漠然。「雖然親王肯定會把你公開處刑，我還是姑且確認一下，你是用什麼方法殺了國王？」

艾恒轉了轉眼珠子，接著低下頭，綠色瀏海遮住他嘲弄的笑意，與那細不可聞的哼聲。

「拜託，我進去房間的時候，國王就只剩下一口氣了，就算我隨便打個噴嚏，他也會掛掉。」

「我不是有意刁難你，只是你說了些話後，國王便當場斷氣，我相信，任誰在現場看見那畫面，都會產生相同的懷疑。」

艾恒咧嘴冷笑，往孟格塔的臉湊近，「那麼我相信，你這輩子肯定是沒被命運捉弄過。真好，你的人生想必非常順遂。」

「你為什麼要說那些話？」孟格塔的笑變得越加冰寒。

「我說的是事實，他年紀夠大了……」

「我是說，死與生是一體的？真理存在於那個地方？你為什麼會說出這種話？你從魔法中學到了什麼？」孟格塔口氣中總算浮現一絲急促。

艾恒饒有興致地看著男人，像是捕捉到孟格塔無意間暴露出來的弱點。

「你幹嘛在乎這些……喔，不對，還是你害怕？害怕我的魔法能力在你之上，以至於親王會思考放過我的可能性？」

見孟格塔難得沉默下來，艾恒更加篤定自己的猜想，接著說道：「你知道嗎？

這些獄卒根本不知道我叫什麼名字，看來，最後會走上處刑臺的『標記師』究竟是誰，都還很難說呢。」

孟格塔的笑容停滯了片刻後才開口：「可惜。」

「可惜什麼？」

「伊拉的遭遇著實令人同情，我在可惜他偏偏遇見了你。」

「關你屁事。」艾恒皺起眉。

黑色長影帶著輕蔑的眼神緩緩起身，一聲不響地轉頭離開牢房。同時，一名年輕的女標記師匆促跑來，在看見孟格塔時大喘了一口氣，似乎已經找他很久了。

「『剪影』先生，有人回報亞爾曼在內城區，已經派人跟蹤了。」

「亞爾曼？」艾恒臉色驟變。

孟格塔悠悠回望一眼，接著又若無其事地說：「把位置給我，我過去打聲招呼。」

「喂！」艾恒激動地跳了起來，伸手用力拍動鐵欄杆。「亞爾曼在這裡？喂！怎麼回事！」

孟格塔的笑容帶著一抹優越，他故意不理會艾恒的呼喊，與那名年輕的標記師一齊離開了。艾恒憤怒地踢著金屬欄杆，「該死！」

艾恒憤怒的吼叫化為焦躁的低喃，「那白痴幹嘛……竟然跟著過來……！」

他壓下腦中隨之躁動的聲音，努力不讓自己的意識恍惚。

「喂喂，安靜點，別那麼大聲吵嚷。」獄卒來到牢門前警告。

「吵死了！」艾恒一手扶著額頭，憤怒地瞪著那名獄卒。「喂、你們誰都好，讓我跟親王見面，他想知道什麼我都告訴他！」

「親王大概沒辦法，王子可以嗎？」

「什麼？」艾恒一愣。

只見那陌生的男人勾起賊笑，一手晃著牢房鑰匙。

◆◆◆

房門被推開來，接著是皮靴沉穩前進的聲音。

席歐夫親王坐在自己的會客室內，他打量眼前一身素黑色正裝的塞文，與自己身上的喪服一樣顏色。席歐夫不動聲色，靜待男人率先開口。

「好久不見，親王殿下。謝謝您願意接見。」

「你比我想得更快出現，塞文。」

「我正好就在附近城鎮談生意，還想著我家的魔法師不曉得請假來首都做什麼，就聽見喪鐘被敲響了。這一切都發生得十分碰巧，對吧。」

親王沉默下來，似乎無意跟塞文談這個話題，自喪鐘敲響以後，他的臉色明顯變得憔悴而蒼白，眼神中沒有生氣，只有對著塞文的警戒。

「如你所見，父王的喪禮讓我忙得不可開交。很高興你如此有心，不過你長途跋涉而來，想必也和我一樣需要休息。」席歐夫向後靠在椅背上假寐，驅趕意味不言而喻。

「那個標記師，您打算怎麼處理？」

「當然是公開處死。」

「是嗎？但我發現您沒有公布那位罪嫌的姓名。」

席歐夫這次沉默得更久了。

「因為我還在思考。」忽然，親王的聲音帶著幾分沙啞。「我請他延續父王的生命，結果他卻殺了父王，對他下了詛咒，甚至說了『死與生是魔法的源頭』這種恐怖的話。不過也讓我非常在意，甚至無法停止思考這句話的意思。」

「殿下，在標記師之間並沒有『詛咒』這種說法，確實，魔法能造成不好的結果，但那並非詛咒，而是選擇。正確來說，是進行魔法標記後的反應。」塞文不但沒有離開，反而在席歐夫對面的位置坐了下來，「所以那句話應該要反過來說，死亡不是魔法的源頭，而是魔法的源頭能夠同時容納生與死的狀態。」

席歐夫蹙眉，微微瞇眼端詳塞文的表情。

「你不是塞文吧？」

塞文的笑容多了幾分暖意，有那麼一瞬間，他在席歐夫眼中變成一名金色長髮的俊秀男人，不過席歐夫才眨了眨眼，眼前的人頃刻間又變回塞文的容貌，溫和有禮地開口：「國王陛下曾經允諾，只要他選出下一位繼承人，我就能夠回來首都。」

「繼承人還沒選出。」

「我已經知道會是您。」

「……真可怕，看見你頂著這張臉輕易進入王宮，我忽然明白父王的決定有多麼睿智。」席歐夫重新坐直身子，「雖然沒想過會是在這種情況下見到你，『百花迦藍』，不過你的行為等同是闖入了吧？」

「因為我想知道下一任國王會如何決定我的命運，難免有些急躁，不好意思。」

「那就別用這張臉說話，看了就令人煩心。」親王挑眉，似乎並沒有要招來護衛的意思，而是替恢復模樣的亞爾曼倒了杯茶，推到他的面前。「喝吧，大魔法師，你起碼好好地遵守了與國王的諾言，我得為此感謝你。不過，我以為你是為了『瀑風』而來的。」

「那當然也是其中一個理由，畢竟，聽見性格封閉的老友忽然收養孩子、施展禁術延長壽命，怎麼樣都很難讓人相信吧。所以我在來的路上，不斷反覆回想自己印象中的艾恒．布格斯，以及彼此來信的內容，想找出任何漏掉的線索。」

「然後呢？」

「艾恒．布格斯永遠不會想要施展禁術，他早就在探索的過程中接受了死亡，更不可能收養一個作為實驗用的孩子。」亞爾曼坦然說道。「我沒有證據，但這是我唯一堅信的答案。」

席歐夫吐出一口長氣，試圖推敲他話語中的真實性，「這樣不夠，我怎麼知道這番話是你的一廂情願，還是為了拯救艾恒的謊言？」

「那位叫伊拉的孩子——是個能夠通曉所有事物魂名的奇蹟魔法師。我能以培育標記師多年的經驗發誓，他的魔法資質無人可比。關於這點，『黑水』能替我作證。」

席歐夫不敢置信地聽著，「這……！」

「如果王室願意栽培，他甚至可以取代國家內的所有標記師。雖然我不希望說出來，不過事已至此，我只想保住他的性命。」

「我很想相信你，大魔法師，可是我不能僅聽你的片面之詞就撤銷刑罰。」雖然沒有義務顧慮眼前的男人，席歐夫還是出於敬意地開口。

「是的，所以我想告訴殿下，處死一個可以輕易變換容貌，並且偷偷闖入親王房內的標記師，比處死一個絕無僅有的天才更加划算。」亞爾曼捧起杯子，終於喝下第一口茶。

親王忽然以震驚的眼神看著亞爾曼，「你該不會是想——」

「原來，城堡裡的茶是這種味道。」

金髮男人放下一口氣喝空的杯子，彎起雙眼，語氣平靜說道：「親王殿下，處刑那天，請您對世人公布我的名字——亞爾曼·昂傑。」

◆◆◆

明亮的烈日讓孟格塔那身黑衣裝束顯得更加深沉，以往在暗夜中無聲無息的存在，此刻因日照無所遁形，卻更顯出黑暗的猖狂，搶眼的存在感讓市街上的人都忍不住多看幾眼。

孟格塔走向人來人往的市集，直盯著前方的凱泱與亞爾曼，收到訊息後，他立刻帶著兩名士兵前來。只見凱泱穿著一身便於活動的裙裝，摟著亞爾曼的手臂指著攤販玩具，孟格塔直接挨近，在他們離開攤位的下一秒擋住了去路。

面對兩張錯愕且帶著敵意的臉，孟格塔收起殺氣，露出極為燦爛的笑容。

「亞爾曼老師！」孟格塔笑盈盈地開口招呼，打量亞爾曼臉上尷尬僵硬的微笑。「你怎麼來首都了？這跟說好的不太一樣啊。」

「我沒有在關口被攔下，就表示我有資格進來吧。」

「是沒錯呢，不過你們應該很清楚現在進來城裡，意味著什麼吧？」

「別跟他說那麼多，走吧。」凱泱抬頭，警戒地拉了拉亞爾曼的衣袖。「你不想看到我們，那我們現在就離開。」她輕哼一聲，作勢要牽著亞爾曼走掉。

「謝謝你們的配合。」孟格塔在他們身後輕喚。「老師，離開之後請幫我跟尤金問好。」

「喔、喔嗯。」亞爾曼眼神閃現遲疑，接著點點頭後快步離去。

孟格塔立刻斂起笑容，轉而變成無言的冷視。

他揮了個手勢，身後兩名士兵立刻上前，即使金髮男人注意到身後追趕的腳步，也來不及拔腿逃跑，便被扣住雙手壓制在地上，不只是他，身旁的凱泱與其他路人也發出驚呼。因為男人的臉開始變化，原本的金髮變短，成了褐色的捲髮，臉與身材也開始臃腫，變換成完全不同的人。

「果然是假的。隨便唬一下就起了反應，是亞爾曼臨時找來的吧。」孟格塔嗤笑一聲，目光轉到貼在街角牆壁旁的凱泱，「喂，真正的亞爾曼在哪？」

「咿！」凱泱驚慌地抽口氣，轉頭就跑。

孟格塔的身影隨著吟唱聲消失，下一刻，他從凱泱腳下的影子中出現，讓他能夠直接環抱住女孩，將她也跟著用力壓制在地上。果然，在受到巨大衝擊的瞬間，掙扎的凱泱也變了張臉，成了孟格塔從未看過的陌生男孩。

孟格塔咬牙嗤了一聲，「搞什麼——」

「我什麼都不知道啦！有個人出錢把我們變成這樣，還叫我們在這裡閒晃幾個小時就好！」

「該死……」孟格塔氣得轉過頭來，對身後士兵大吼：「你們回去城堡，確認牢房的狀況！」

「是！那這兩個人該如何處理呢？」

「別管了，他們什麼都不知道。」孟格塔起身捲起袖子，整個人盛怒不已，瞬間化身成一團暗影，融入驚叫聲不斷的人群之間，消失得無影無蹤。

他在黑暗中感受腰間的鐵籠微微震動，並讓影子碎片引領自己前往主影的位置，也就是伊拉現在所在地。孟格塔的身體被扭扯起來，變成黑暗的一部分，在這個世界的暗處快速移動著——身為「剪影」的他不但能夠操控暗影，也能短暫地化為暗影，甚至追隨籠子內的碎片來到影子主人的身旁。他將自己的意識集中到視覺上，在一片黑暗中等待見到光亮的那一瞬間。

趕得上——不，是必須趕上！

他在內心焦躁地想著，抓緊從籠子內釋放而出的影子碎片，直到眼前開始出現光亮，他隱約看見自己正穿梭一片綠意，是樹林……雖然首都座落於大片平原之間，但還是有錯落的樹林尚未開墾，並環繞在城堡與城牆四周，作為天然的防護。

然後，他看見了穿梭其中的綠髮少年，以及……

「呃、魔法解除啦，亞爾曼的魔法比我預期的持續時間更短呢。」塞文摸著自己的臉，一邊小心走在鬆軟的土上，努力穩住腳步。

他穿著監獄守衛的服裝，不過較沉重的盔甲已經脫除，只留下輕便的皮衣與長劍，以防萬一。他帶著艾恒來到離城堡不遠的森林，小時候在城堡長大的他，要找出一兩條小徑逃脫城外輕而易舉，而且因為動作夠快，只要拉開一段距離，再讓凱泱到河口接應，追兵很快就會被拋在身後了。

塞文並不緊張，只是不時回頭打量艾恒，除了確認他有沒有辦法在這顛簸的山坡地跟上腳步外，也想看看他臉上的反應。果然，即使自己的臉變回原樣，艾恒也沒有變化，宛如看著一名陌生人。

「亞爾曼呢？」艾恒跟在身後追問，似乎對塞文的臉是圓是扁一點興趣也沒有。

「在安全的地方吧。」塞文還在摸摸自己的臉頰，心不在焉地回道：「我們有跟凱泱約好會合位置，只要見到她，就更容易保你自由了。」

「我不在乎那個叫凱泱的，亞爾曼到底在哪？」艾恒冷冷地問道。

塞文緩下腳步，轉頭看向那個神情凝重的少年，彷彿現在才第一次看清楚他。

「……你問這個要做什麼？」

「親自確保他的安全，否則我不會信任你。」

「我好歹也是王子耶。」塞文苦笑。

「是喔，那豈不是更無法信任了？」

「你們標記師怎麼都一個樣！」

男人哀怨地嘆息，不過就在他要繼續前進的時候，目光忽然銳利起來，在艾恒走近的同時抽出腰間的長劍，伸腳掃向少年的雙腳，讓他失了重心跌落在地。

接著，塞文向艾恒揮出一記俐落的斬擊，劍尖停在他的頭頂，那裡正好有道黑影取代了他原本的位置。

「哎呀。」孟格塔在兩人面前現形，對上塞文視線的瞬間露出驚訝的神情。

「艾恒，到我身後。」塞文的聲音低沉而威嚴，長劍也沒有放下，而是散發出隨時要作戰的氣息，緊盯著銀髮男子的動作。艾恒聞言照做，立刻來到塞文後方。

「這傢伙喜歡從人背後竄出來，你最好背貼著我，別讓他有機會偷襲。」塞文悄聲提醒。

「您怎麼……咳、請把劍放下，殿下。容我先問一句，您為什麼會出現在這？」

孟格塔勉強擠出笑容，但看起來絲毫不願讓步。

「我才想問，你說回鄉探親，搞半天是回親王身邊打工，是不把我放在眼裡了？」

「您這是劫獄。」他無視那句質問。

「劫獄又怎樣？如果你還是我的魔法師，就應該要來幫我吧。」塞文咧嘴笑著。

「您別說笑了。」孟格塔的笑容越加僵硬。

塞文匆匆瞥了一眼孟格塔的腰間，小籠是打開的。

也就是說，影子碎片已經回到原本的主人身上，孟格塔已經無法再追蹤艾恒的位置。

「艾恒，你想知道亞爾曼在哪？」塞文靈機一動。

「嗯。」

「他現在八成正在親王那裡，城堡最高的那座塔，下方第一個房間。」

艾恒眼神一變，明白了男人的意思，於是瞬間呼喚風，將自己輕鬆捲起帶往高處，很快便消失在樹林之中。

「嘖……！」

「站住。」塞文低喝，那聲音與往常不同，充滿威嚴的王室氣魄，讓孟格塔暗自吃驚，本能地縮了縮身子。

「殿下，我無意與您戰鬥，請您專心參與喪禮就好，別再干涉親王的事了。」他退後一步，避開那鋒利的刀刃。

「你真的打算站在席歐夫那邊？」

孟格塔思索了幾秒，微笑說道：「我本來就是親王派來的人，這點您應該早就明白了。」

「你做這一切只是為了得到首席標記師的地位。」

「是的。」孟格塔露出燦爛的笑容。

塞文瞪著銀髮男子。

「……你真的很不會說謊。」

突然，他將手中的長劍俐落揮出，那速度極快，孟格塔本能想閃躲那道攻擊，不過長劍只是個逼他側身閃避的誘餌，塞文左手伸出，往孟格塔的臉揮去，第一下揍了他的臉頰，第二下則瞄準他的咽喉再次攻擊。

孟格塔立刻明白他的用意，於是忍住身體的痛楚想喊出聲音，卻趕不上塞文壓制的速度，他掐住孟格塔的脖頸用力往地面撞去，後者只能徒勞無功地掙扎。

塞文的力氣比孟格塔大許多，即使早有預期，孟格塔仍然反抗失敗了。

「發不出聲音，就呼喚不了魂名吧。我看你現在還能躲去哪。」塞文低沉地說著，一邊跨坐到孟格塔身上，反手握住長劍，將劍尖抵在他的胸膛上。

「嗚……呃……！」孟格塔噙著淚水，痛苦地抓住塞文的手，卻沒有力氣將其推開。

「我知道你在想什麼，『剪影』。若是犧牲一名標記師，就能終結王室鬥爭的話，確實是很划算。」塞文語氣平靜，不慍不火的模樣令人害怕。「早點讓席歐夫上任的話，對所有人都好。這點我還是明白的。」

「那為……什麼……」

「因為你殺錯人了。」

塞文低下頭，陽光打在他的頭頂，反而無法照亮男人臉上的神情。

「該死的不是艾恒，是亞爾曼才對。」

◆◆◆

「親王殿下，處刑那天，請您對世人公布我的名字——亞爾曼・昂傑。」

房內寂靜無聲。

親王皺起眉頭，沒有回望亞爾曼堅定的目光，而是雙手交握，搓著指腹。

「您應該也發現了吧，我之所以被國王流放，不僅是避免王室成員利用我進行政治鬥爭，更是讓我在真正需要的時候赴死。」亞爾曼只好再說些什麼，好讓自己的發言看起來更具說服力。「即使我不使用魔法，光是得知我的存在，便足以讓王室成員加深彼此的鬥爭。國王之所以沒有當場殺死我，是因為他也想為自己屬意的王儲留一手。」

「不，父王從來沒說過想要讓誰繼位。依我看，他只是想留著你作為對我們的威嚇，直到他死為止吧。」席歐夫總算有了反應。

「……如果是這樣的話，我很遺憾。」

「我原本會有五個孩子。」親王的語氣平靜，卻忍不住更加用力地搓著手指，像是要搓出血來。

「可是不曉得為什麼，不管我跟誰生下了孩子，都是純白的瞳孔、頭髮與身體，宛如被詛咒似的。有的大臣認為那些異於常人的特徵會不被父王承認血緣，甚至影響到我的繼位權，所以我……直接殺死了。但是殺完第四個時，我已經無法忍受，於是把第五個孩子送到宮外，隱居在野林裡撫養長大。」

「是魔法嗎？」亞爾曼垂下眼簾。

「確實聽說有的標記師可以改變胎兒的樣貌。」席歐夫雙手交握，將額頭靠在手上，疲憊地開口：「我本來以為是么弟為了爭權所幹的好事，所以為了報復，我也派人暗殺了他，但是失敗了，僅僅是讓他不良於行，接著，我又以其他名義送了『剪影』過去，暗中緊盯他的兒子塞文，以免他們心生報復之意。」

亞爾曼張口，又緊緊閉了起來。

他知道這時候不管說什麼都沒有意義。

「至於二公主，也早已跟我們互不往來，我想，她或許才是那個暗中傷害我的人，畢竟父王就在期待我們互相廝殺。但是，我還是不希望父王死去。」親王低下頭來，巧妙遮住他滿臉的淚痕。「總之，亞爾曼，我明白你的目的，但我不會賜死你。」

「為什麼？」

親王擦擦臉，讓自己努力恢復鎮靜。「因為我無法容忍艾恒・布格斯讓父王帶著輕鬆解脫的表情離世。」

亞爾曼輕輕抽了一口氣。

「更重要的是，比起一個全能卻不受控的魔法師，還是像你這樣，能夠為王室犧牲奉獻的人更加重要。」親王眼中閃著光輝，他已經完全拋開軟弱，回到君王的身分，那瞬變的情緒著實充滿說服力。「我能信任的人已經不多，亞爾曼，衷心希望你能成為輔佐我的皇家標記師。至於父王欠你的部分，由我來償還也無妨。」

「……真沒想到結論會變成這樣。」亞爾曼苦笑起來。

「事到如今，一定得有人出來承擔謀害國王的罪名，這件事已經不是我能結束的了。亞爾曼，不管你再怎麼替艾恒說話，他仍是最該走上處刑臺的人選。」

一股憤怒哽在亞爾曼的咽喉，他自認聽話地遵從了國王的命令，選了一個對所有人都好的做法，然而他所累積的付出，真的是為了回到宮廷享受榮華富貴嗎？從他離開首都那天，他就已經明白自己是為何、以及為了誰離開。他想要的只是守護好自己珍視的人而已。

亞爾曼正要開口，一陣強大的風震動著窗戶，他們還未反應過來，便看見彩色玻璃破裂開來，一名少年護著自己的頭，伴隨著那道強風闖入。

看見那俐落的身姿，亞爾曼不禁莞爾。

有如命運般出現的少年。

這才是自己現在唯一想要保護的存在。

「什麼……」

「抱歉，親王殿下，今天話題就到此為止吧。」

「老師、不對……亞爾曼！」艾恒趕緊起身，在窗邊朝他伸手，急切地大喊：

「待在這裡是想找死嗎？快過來！」

那呼喚著亞爾曼的聲音像艾恒，又像是伊拉。

是哪個？不，是哪個都沒差。

亞爾曼果斷上前抓住少年的手，卻是施力讓少年跌入自己懷中緊緊摟住，此刻才有找回少年的踏實感，使他鬆了口氣。

「抱好我，從正門離開。」他在少年耳旁低聲說道。

懷裡的人明顯一愣，「正門？」

金髮男人低詠著魔法衝出門外，在侍女與士兵來來去去的長廊上拔腿狂奔；席歐夫親王也憤怒地衝出房間，對那些還在驚訝中的士兵大喊：「快抓住亞爾曼・昂傑！」

但他還沒說完，那些穿著盔甲的人們也紛紛變了張臉，金色長髮從頭盔底下冒出，那些外貌變成亞爾曼的親衛們舉著長槍與劍，驚愕地看著同樣變成亞爾曼樣貌的親王，不曉得該不該圍住席歐夫親王。

「抓、抓誰？」

席歐夫為之氣結，暴怒低吼：「我都穿著這身服裝了，你們還不認得嗎？」

此時，才總算有幾個機警的士兵追向消失的亞爾曼與少年，但遲了一步，整座城堡內的侍從、馬伕、王室成員，全都變成了同一張臉。席歐夫氣沖沖地來到長廊窗邊，只見空中一道旋風帶著模糊的人影正飛向城堡外。

不管艾恒有沒有出現，亞爾曼肯定都已經想好了逃脫方式。

他並不是真心尋死，只是想拖延時間罷了。席歐夫陰冷地瞪著那道風消逝的方向，他握緊拳頭用力一搥牆壁，接著甩著衣袖回到自己的房間內。

在艾恒眼中，所到之處都變成那耀眼的金色。

那畫面實在太過不可思議，宛如一場荒誕的夢境，讓艾恒感覺又被拓展了標記師的視野。

他們兩人跑著，鑽入市集、經過主要的貿易區大道、最後直往城門口的人龍擠去，凡是亞爾曼經過的道路，所有人都被變成他的模樣，那讓人們驚嚇地尖叫起來，甚至恐慌地四處逃竄。

而造成這片混亂的兇手專注施放魔法，臉上卻難掩那充滿玩心的從容笑意，帶著艾恒從城門混入因驚慌失措而奔走的人群，在這場盛大的魔法表演中，他們竟成功地逃出了首都。

看著男人那表情，艾恒也不禁呼吸加快，胸口被澎湃的情感撐滿。

直到他們進入樹林，兩人才總算能好好喘一口氣，艾恒的模樣也變回原本的綠色短髮。

「休息一下吧。」亞爾曼擦去臉上的汗水，緩下步伐。

「哈哈……」

「怎麼了？」

「竟然把整個城的人都變成你的長相！太誇張了，你這個自戀狂！」艾恒整個人累得躺在地上，卻開懷地捧腹大笑起來。

「因為那是我最熟悉的臉，在剛剛的情況下最不需要思考。不過，鬧成這樣也是頭一遭，就連親王也想不到吧。」亞爾曼擦著臉，比起不斷大笑的艾恒，他的模樣似乎還有些凝重。「話說回來，你……怎麼知道我在那裡？」

「有個影子標記師追過來了，所以那個什麼文的傢伙叫我來找你，他還說，另一個標記師在河邊等著。」艾恒起身揉著自己的雙腿，呼吸粗重地說。

「你對孟格塔和凱泱沒有印象嗎？」

少年異樣的神色一閃而逝，很快又恢復滿不在乎的表情。

「隨便啦，只是一時想不起來而已。」

「不是想不起來，是根本不知道吧。」亞爾曼保持微笑，只是那笑容多了幾分審視意味。「我之前就懷疑了，畢竟，在我與艾恒的信中幾乎沒有提過這兩人，你沒印象也是正常的。」

「……就說了，只是一時的。」

「都到這個節骨眼了，還要逞強嗎？」

「幹嘛，你覺得我不是艾恒？」

「我知道艾恒．布格斯的魂名。」亞爾曼在少年吃驚的眼神下，斬釘截鐵地開口：「以前為了做靈魂實驗，我們曾經交換過彼此的魂名，在瓏里，我也用同樣的魂名呼喚過你，就在那個鋪滿花瓣的浴盆裡——你卻沒有反應。這就表示，你的魂名肯定跟艾恒的不同，對吧？」

少年輕輕站了起來。

他沒有開口，也沒有想要辯駁的意思。

看著那反應，亞爾曼嚥著唾沫，硬著頭皮將內心的疑惑吐露出聲。

「靈魂、魂名、記憶——原本的艾恒至少得將其中兩種轉移到伊拉體內，才有可能構築出像你這樣完整的人格。如果沒有轉移魂名，那起碼靈魂與記憶也得是完整的才行。」亞爾曼無視他的表情變化，繼續把自己的推論說完，「但我將你變成艾恒年輕的模樣，你都不認得，這難道也是一時想不起來？」

或許是自知沒有必要再隱瞞，少年撇過頭，表情反而輕鬆下來。

「被測試了啊……看來你早就懷疑我了。」

「我從一開始就不相信你的說詞，只是，有些地方真的……太像了。」說到這裡，亞爾曼不禁一頓，「如果不是和艾恒感情很好，你絕不可能模仿到這種地步，所以我至少想就這點相信你。」

「哦。那還真是謝了。」

又是一抹與艾恒酷似的自嘲笑容。

那模樣再度讓亞爾曼動搖，他一手掩臉，掩飾自己的失態。

「所以你是誰？不、我應該要問，伊拉跟『你』……到底發生了什麼事？」

第五章　他們的回憶

那是一個連正式名稱都沒有的礦鎮。

艾恒記得他停下腳步的那天，整座城鎮昏暗又陰鬱。

其中一間破舊的小屋發出沉重的爭執聲，引起了艾恒的注意。

『不要……拜託、不要把我賣掉！』

『我有什麼辦法？你沒辦法好好工作賺錢，成天只會喊著各種聲音！家裡還有五個小孩要養，是你讓我沒得選！』

『夫人，我會把他賣到別的鎮上，用養子的名義……』

『不要！』

艾恒還未動作，一個身影便衝出來撞進自己懷裡，他低下頭查看，映入眼簾的是布滿灰塵與髒汙的綠色亂髮，以及大而濕潤的無辜雙眼。艾恒本能地伸出手，抓住那彷彿一折就斷的纖細手腕，男孩抽著氣，嚇得說不出話，淚水不斷落下。

艾恒本能地伸出手，抓住那彷彿一折就斷的纖細手腕，男孩抽著氣，嚇得說不出話，唯有淚水不斷落下。

其他人這才跟著衝出來，卻也被艾恒那身標記師特有的圖騰袍子驚呆了。

『請……放開……』男孩泣不成聲。

艾恒什麼都沒說，只是靜靜看著男孩的眼眸，越過表象，凝視著瞳孔最深處的本質。

風在男人開口的瞬間吹了起來。『怎麼賣？』

沒有人接話。艾恒只好抬起頭來，瞪著那對夫妻與奴隸販子。

『喂，我在說話呢。』艾恒．布格斯厲聲低喝，讓所有人為之一震。『我說，這個「兒子」怎麼賣？』

他用掉身上大部分的財產買下了男孩，只好取消去見凱泱的計畫，提早回到藤泥裂口。

一路上，男孩的眼神猶如死灰。

淚珠在他布滿髒汙的臉頰爬出一道道痕跡，這樣的反應也在艾恒預料之內。

畢竟，那對父母可是連猶豫都沒有，就喊出了價錢。

『什麼名字？』回到家後，艾恒隨手將行李丟到石地板上，劈頭便問。

男孩茫然地跟在男人身後，表情痛苦，彷彿沒聽見艾恒的聲音，僅是自顧自地盯著地面。

『喂，問你呢。名字。』艾恒拍了一下他的肩膀，伊拉這才如夢初醒。

『伊、伊拉……』

『伊拉，聽好了，跟著我的規矩很簡單，我做什麼你就做什麼，安安靜靜地學。明白嗎？』

伊拉正想開口，但一想到艾恒說的話，趕緊無聲點點頭，也同時落下無數淚滴。

『怎麼又哭了？』艾恒瞪著他。

『爸爸一直說我是瘋子，我不曉得為什麼……就連最後一面也不肯道別……』男孩越說越模糊。

『因為沒必要吧。』

伊拉一口呼吸卡在咽喉中，隨著艾恒的回應，心也沉到谷底。

『……我是說，因為會難過，所以不敢道別。只是這樣而已，別多想。』驚覺自己失言，艾恒立刻垂下眼簾，在他的啜泣聲中轉頭起身，背對男孩再度開口：『我去準備熱水，你好好洗個澡、吃東西、早點休息。反正總是要活下去的。』

聽著男人離開的聲音，伊拉坐在餐桌旁，茫然地聆聽這片陌生土地的聲音。一路上這些聲音都使他痛苦與焦慮，不斷刺激著他的感官，連在夜裡也無法停歇。**活下去做什麼?每一天的生活都異常辛苦，各種吵鬧的聲音總是蓋過所有事物，為自己帶來無數次痛苦的回憶。**

伊拉恨透自己的身體，也恨透自己的人生了。

這個奇怪的男人買下他，把他帶來這種偏僻的地方，各種可能性在腦中浮現，而艾恒那雙冷酷的眼神直叫人發顫，伊拉只覺得可怕。

不想活著。

只想躲進黑暗，只有黑暗願意保護自己。

是啊，躲起來，切斷自己的所有思緒與感知。

就像……以往那樣。

『喂，準備洗澡了。』

艾恒抓著灰髮回到屋內，卻不見男孩人影。

就在他困惑的當下，男孩從角落的陰影處竄了出來，像一隻動作敏捷的野貓，手中抓著一把閃爍著暗光的利器。不過動作太大，仍被艾恒機警地察覺，艾恒一個轉身閃過，讓男孩身體因失重而踉蹌，但他立刻穩住腳步，回頭咬牙怒瞪著艾恒，打算再次攻擊。

『去死！』男孩聲音沙啞地大吼。

『搞屁啊？』艾恒挑眉。

這次艾恒看清楚了，男孩手上握著耕種用的四爪短耙釘，再度往艾恒衝去。艾恒直接施展魔法，一道強風將他的身子吹歪，艾恒順勢抬腳狠狠一踢，毫不留情地踢中男孩的脛骨，讓他頓時痛得鬆開耙釘，抱腿在地上打滾。

『啊！該死！啊啊……！』

『你是忘了禮貌，還是忘了你的新養父？』艾恒默默撿起耙釘，似乎也沒有生氣。

『哈啊？誰同意你當我養父了！』男孩忍著眼淚，憤怒地躺在地上朝他吐了口唾沫。『我不管你是誰，也不管那蠢父母是不是真的把我賣了，我不會白痴到當你的奴隸！呸！』

『挺有活力的嘛。』艾恒忽然露出不懷好意的壞笑。

『正好，我更喜歡對付你這種野小鬼，教訓起來比較不會良心不安。』說完，他喚來強風將男孩抓起，走向浴室。

『啊！你幹嘛——啊啊啊啊！噗嚕噗嚕噗嚕……』

『只泡一次好像無法洗乾淨啊。』艾恒一邊試圖將他整個人塞進浴盆，一邊用手抓住男孩的頭用力擦拭。

『操！你這死老頭！』

『喔，不好，嘴特別髒呢。』艾恒用一手將他的臉壓進水裡。

『噗嚕噗嚕！噗……咕嚕咕嚕……！』

當艾恒第三次將他壓入水裡搓洗以後，他終於不再掙扎了。

見男孩終於學乖，艾恒也不再威嚇，而是找了套乾淨衣服讓男孩換上，接著要他在餐桌坐好，並將屋裡所剩不多的食材全都丟進大釜裡煮爛。

男孩看著艾恒的背影，此時天色已暗，夜鳥在遠方啼叫，窗外除了漆黑看不見任何顏色，他知道，這時候就算離開屋子也逃不遠，何況他餓扁了，哪怕艾恒的大釜內正配合冒泡聲飄來奇怪的味道，他也忍不住口水直流。

『吃吧。』

艾恒添了一碗顏色灰白的粥，放在男孩眼前。

男孩起初還有些猶豫，更不曉得為何粥裡能有根完整的胡蘿蔔，插在半顆沒削皮的馬鈴薯上，但他還是大口吞了起來。

有夠難吃的。他一邊想著，一邊吞了三碗。

理智隨著填飽的肚子回到腦中，男孩這才冷靜下來，細細打量坐在自己對面吃飯的男人。

『喂……我真的要叫你父親？』

男孩開口詢問，不確定是接受了現實，還是單純覺得困惑。

艾恒抬眼看了看男孩。他的氣勢跟剛才哭哭啼啼的模樣完全不同，甚至判若兩人，不過艾恒沒有多想，還是順著男孩的話題開口：『反正只是名義上的稱呼，你想怎麼定義我們之間的關係都行。』

男孩半信半疑地打量著男人，態度稍微軟化下來。『什麼意思？』

『你想學魔法嗎？』

男孩本能地回：『不想。』

『嗯，無所謂，我也只是問問。不過，伊拉……』

『我不叫那個名字，我叫□□。』男孩否認道，接著說了另一個名字。

艾恒錯愕地停頓了一會。

不過，馬上說服自己可能只是記錯了，於是他重新記下這個名字。

『……知道了。總之叫我艾恒就好，不需要叫我父親，那樣反而尷尬。』

『伯伯。』

『艾、恒。』

『艾恒，你會什麼魔法？』

艾恒這時才完全抬起頭來，雙手交叉在胸前，驕傲地以鼻子輕哼一聲，伸手指向門邊，男孩這才發現那裡掛著一面約有一個成人高的三角滑翔翼，由堅固的木材與布料手工製成，像隻準備好隨時展翅高飛的鵬鳥。男孩張大嘴，毫不隱藏眼中的憧憬。

在看見男孩的反應後，艾恒得意地笑了。

『當然是——世界上最好的魔法。』

男孩抓緊滑翔翼的握杆，在月色下乘風翺翔。

艾恒在他身後同樣抓緊握杆，不時在嘴裡唸些什麼，每唸完一次便湧來一陣強

風，將他們帶得更高，一覽無遺地俯瞰這片貧瘠的大地。

銀亮的光芒抹去大地原本的赤土色調，深谷蜿蜒的紋路在高處清楚可見，男孩手心沁出汗水，即使夜風又冷又強，吹得眼睛乾澀，他也不捨得閉眼錯過這驚人的景緻。直到艾恒帶著他回到木屋，穩穩地降落在門口，他下來的瞬間才發現自己早已腿軟，只能跪倒在地，胸口劇烈地起伏著，雙眼瞪得老大。

『如何？』艾恒收起滑翔翼，神采飛揚地笑著，『學不學？』

『我……』男孩喘到說不出完整的話來。

比起這個，他還有很多問題想要先問清楚。

例如說，艾恒究竟是什麼人、為什麼買下自己、又為什麼要教自己魔法……

不過當他開口的瞬間，只聽見自己堅定無比的聲音。

『當然學！』

男孩跟艾恒學起了魔法。

他對魔法僅止於粗淺的認知，連標記師都沒聽過，甚至也聽不見那些「聲音」。魔法不是他「出現」的任務，他的任務是保護這個身體的主人不被「聲音」困擾。只要男孩悄悄出現，伊拉就能保有一塊寧靜之地。對男孩而言，他知道的也就只有這件事而已。

不過他的性格顯然跟伊拉不同，這點從父母、雇主、弟妹的反應中就能得知了。那個叫伊拉的人聽說十分懦弱膽怯，可是男孩不一樣，他勇於為自己爭取、不想工作、也不想照顧那些總是叫自己煮飯的白痴弟妹。

畢竟在那個礦鎮的生活，一切都糟糕透頂。

但艾恒不一樣。

應該說，與艾恒生活的日子，特別不一樣。

『呼啊啊，早，老頭……』

『你這個白痴！』

艾恒怒吼一聲，在男孩打開門的瞬間踢了過去。

男孩機警地閃躲開來，睏倦的睡意也飛走大半。

『幹嘛啊！』

『叫你好好照顧的藥草又枯萎了，你到底有沒有在注意！』

『啊！』

『只顧著飛的白痴！』艾恒又朝男孩踢了一腳。

這次男孩不敢大動作閃躲，但還是悄悄避開了小腿要害。

『我等等會去澆水啦！』男孩哀號。

『澆什麼水？你還不會標記藥草嗎？都教你幾次了！』

『好啦！別那麼大聲講話，臭老頭！』

『那就快點吃早餐！臭小子！』

『我會啦！』

他們吵鬧地上了餐桌，吵鬧地吃完一頓飯後，接著就是他最喜愛的飛行時間。

男孩與男人之間少數安靜的時刻，除了睡覺之外，就是在峽谷乘風翱翔的時候。男孩在這裡待了將近一年，期間學了許多種魔法，不過到最後，他唯一記得的也只有風的魂名。那是他唯一在乎的魔法。

在飛翔的時刻，他才能感受到自己。

艾恒會和他一起飛到貧瘠大地的邊緣，在抵達城鎮之前會先經過一個中繼貿易站，經常有旅行商人在那裡歇息、做點小買賣，他們會在貿易站採買，否則就得去更遠的城鎮，而到了那邊就不能使用滑翔翼了。

『他們不想讓我用。』艾恒輕蔑地哼聲。『說是怕我越過國界逃走。真是一群白痴。』

『你試過嗎？』

『試了三次。』灰髮男人頓了頓，接著說：『只是覺得好玩。』

『我也要。』

『都說士兵會擋下來了。先警告你，王室與貴族們都是病態的控制狂，恨不得所有標記師都在他們的掌握之中，你是我的學徒，他們肯定會連你一起監視。』

『我算是你的學徒？』男孩訝異地眨眨眼。

『他們覺得是。』

『那實際上？』

『咳嗯、不重要。』艾恒將斗篷一轉，沉聲低喝。『回去了。』

『不算學徒也不算養子，那到底是什麼？一時興起？』男孩走在後頭仍不放棄地追問。

『差不多啦。』

『臭老頭，其他標記師都跟你一樣做事隨便嗎？』

『我認識的標記師都很乖，而且也比你乖。』

『哈，這不能怪我，我可是跟你學的。』男孩沒有因此受傷，反而賊笑起來指著艾恒。

『……你住的地方以前是我的家。』艾恒敲了敲滑翔翼，雙翅應聲張開，幾乎蓋過他細不可聞的呢喃。『我買下你，只是想感謝愛斯特當時對我做的事。』

『啥？』男孩不明所以，瞪著艾恒的背影困惑。

那天回去的路上，艾恒比往常沉默。

男孩不確定那份沉默是為了什麼，艾恒是個比外表看起來更加心思細膩的人，有時會看著書或信件，陷入漫長的思緒中。男孩雖然總是看在眼裡，卻並不打算追問，他只在乎自己有沒有三餐可以吃、有沒有安穩的日子可以過。

不過……他感覺自己應該要對艾恒說些什麼。

『艾恒，跟你說，我那對蠢父母經常會哭。』

當他們降落在木屋門前時，男孩突然開口。

『咳、哭什麼？』艾恒滿不在乎地收起滑翔翼。

『哭我個性奇怪啦、不聽人話啦、脾氣差得像個瘋子啦……』他扳著手指頭細數。『結果，我發現原來你跟我也差不多耶。』

說完以後，他才驚覺自己似乎說錯話，接著艾恒肯定會生氣地一腳踢過來，或是邊咳邊吼著要揍死自己之類的。

結果沒有。

艾恒伸出大手，在男孩頭上沉沉一拍，那動作不像處罰，而是認可似的摸著男孩的頭。

『這不是很好嗎？』

『為什麼？』

『表示活著可以有很多種形式。』

那理所當然的聲音，讓男孩不禁鼻頭一酸。

又過了一段時日，艾恒已經開始熟悉和男孩的生活。

他算準男孩昨天飛得太累，今天肯定會睡過頭，所以沒有叫他，而是自己先去屋外修補圍欄，以免野生動物闖入。等他忙完一切後，理所當然地走進屋子，對臥室那鼓起的被子伸腳就是一踹。

『臭小子，起床了！』

艾恒一腳踢開棉被，卻發現腳感不對。

被子裡空空如也。

艾恒這才發現廚房傳來聲音，於是連忙轉頭查看，果然看見正在烹煮食物的男孩。他似乎是聽見自己的呼喝聲，嚇得將湯杓緊握在懷中，瑟縮在火爐旁，不安地垂下頭來，以眼角餘光窺探著艾恒。

『對、對不起，我動作太慢……』

艾恒愣了愣，接著看向一旁種植的藥草，上頭沾著水珠。『喂！我不是說別老用澆水的，要試著用魔法標記它嗎？』

男孩快哭出來似的說：『我……對不起，但我沒有學……』

『你在說什麼？』艾恒憤怒地走近，卻在看見男孩的眼神後停住了。『你是誰？』

男孩震驚地睜大眼，受傷地抽了口氣，不過還是忍著害怕的情緒小聲回答。

『伊、伊拉。』

『不是□□嗎？』

當伊拉聽了艾恒喊出另一個名字後，緩慢地搖搖頭。

『不知道，那是……誰……？』

灰髮男子露出詭異的表情，不曉得該如何回答。

那表情使伊拉更加恐慌。

隔天，「伊拉」再度消失了。

當艾恒推開房門時，看見的場景一如往常，那個野小子正裹著棉被縮成一團賴床。

『喂。』

那團被子不甘願地蠕動了幾下。『幹嘛啦，老頭，我真的要醒了……再一下……』

『你知道伊拉是誰嗎？』

『啥？』被子發出半夢半醒的聲音。『不認識，誰？』

『……沒事。』艾恒搓著下顎，重新將房門關了起來。

艾恒終於察覺事情有些異樣。

他獨自坐在書桌前，不曉得該跟誰討論這件事。

首先浮現在腦海中的人，是亞爾曼．昂傑，那個唯一會回應他的人——但一想到還得寫信就覺得麻煩不已。一來是王室會派人檢查信件這點令他厭惡，二來是自己如果提了養子的事，亞爾曼大概會嚇到不顧一切趕來問個清楚。

光是這兩點就讓艾恒遲遲無法動筆。

男孩的事遲早要說的，只是什麼時候說、又要透露多少訊息，他也還沒想好。

思索良久，他決定放棄提筆寫信的念頭，而是將自己私藏起來的魔法筆記重新翻閱，想從裡頭尋找男孩變成這樣的原因。他看著自己昔日寫下的靈魂轉移筆記，還有各種不該被外傳的標記師研究紀錄，多半講述記憶、精神、靈魂等研究內容，都是他花了無數時間與金錢搜集起來的資料。

雖然已經放棄靈魂轉移的可能性，但他對這塊神祕領域仍抱有純粹的興趣。

他一邊翻閱，想找出任何符合男孩的狀況。

最後，他的視線停在一段潦草的字跡上。

『「附體」……宛如身體裡住了另一個人……？』艾恒看著那段文字，感覺捕捉到某種關鍵，卻怎麼也拼湊不起來。『可能是因為疾病，或者因為承受嚴重的打擊，陷入短暫混亂……重點在於靈魂的魂名……』

確認魂名……只要是一樣的，就能代表仍是同一個人嗎？

問題是確認了魂名之後——

『咳、咳呃……！』

忽然，他彎腰劇烈地咳嗽，掌心也因此多了一灘血沫。

他感受自己忽快忽慢的心跳，彷彿隨時都會停下來似的，使他強烈地明白一件事——那男孩與自己不一樣，還有長遠的未來要過。

艾恒已經比預期中活得更久，度過無數次的四季變換，每天隨著晨光醒來時，一想到自己還能睜開雙眼，他總是抱著感激的心情。在生與死的邊緣遊走，他早已習慣與死亡共處。

但為什麼，偏偏是現在到來呢？

命運本是艾恒最不願相信的事。

原以為活不長了，所以搬到空無一人的藤泥裂口，讓自己過著離群索居的生活，不用看著誰的臉色而死，結果又默默地多活了十幾年光陰，還意外撿了個養子回來。當他想著將剩下的時間陪伴男孩的時候，卻又感受到生命力正迅速從體內流逝。

後來想想，艾恒也不是不願相信命運，只是不服氣。

◆◆◆

『老頭！你幹嘛又自己去修理屋頂？是想喘死嗎？』

男孩的聲音從身後傳來。

艾恒回過頭瞪著男孩，或許是相處久了，加上脾氣相似，男孩連質問的神態都跟艾恒如出一轍，若不是外貌差異太大，連艾恒也會懷疑這男孩就是他親生的。

『咳、臭小子，我只是生病，又不是廢了！』

『逞強個屁！你去休息就好，剩下的讓我來！只是修屋頂而已，你又不是沒教過。』男孩啐了一聲，強硬奪過艾恒手中的木板與工具。

或許是感受到那發怒語氣底下的關切，艾恒一個起心動念，話語不經思考地喊了出來。

『小子，你相信我嗎？』

『當然啊。』

『那，能問問你靈魂的魂名嗎？』

『做什麼？』男孩想也不想地問。

有那麼一瞬間，男孩眼中的情緒又退回初次見面那天，充斥著警戒。那並不在艾恒的預期內，他以為自己跟男孩已經能夠無話不談，顯然，是他想錯了。

『不告訴我也無所謂，當我沒問。』

『你自己說過，靈魂的魂名不該輕易給人，否則容易被控制。』

『嗯。』

『所以為什麼？』男孩口氣冰冷，抑或者那語調就是跟艾恒學的。

那過於防衛性的態度，讓艾恒一時說不出話來。

在他與男孩之間，赫然冒出一堵高牆，劃出明確的界線，艾恒這才明白，任何人都無法跨過男孩心中的那條線，哪怕是像艾恒這樣的存在也一樣。

『我想弄清楚你的狀況，因為伊拉——』

『沒有這個人。』男孩斷然的口氣比往常還要冷漠。『我沒聽過這個名字，也沒有任何狀況，你少多管閒事。』

『你……』

男人正要說些什麼，卻又開始一陣狂咳，男孩安靜地站在那兒等他咳完，看著男人氣喘吁吁的模樣，哀傷地垂下眼簾。

『去休息吧。』

男孩頭也不回地轉身，艾恒力氣盡失，只能倚在牆邊目送男孩俐落地爬上屋頂。

是自己的順序錯了？不對，看見那眼神就知道，沒有人能夠突破男孩的心防，彷彿男孩就是為此存在似的。這樣不行。

艾恒暗忖著，虛弱地走進屋中，來到桌前以手肘支撐著沉重的身體。

我果然不擅長做這種事。

如果是亞爾曼的話，大概兩三下就能讓男孩放下戒心了吧。

與自己相反，亞爾曼總是能輕鬆說出別人想聽見的話。

也就是說，自己對男孩的態度必須好一點，多說些溫暖的話，保持笑容……之類的？

艾恒回過神來，才發現自己竟然在思考如此荒唐的念頭。

『嘖……我幹嘛為了這種事……』

不解決也沒關係吧。

「那副模樣」明明是他自己的選擇。自己的命運，就得自己去承擔啊。

他決定不再問男孩任何關於伊拉的事。

在那之後，男孩沒有再露出敵意的表情，兩人就像往常那樣過著平凡的生活，直到男孩默默成長為俊秀又成熟的少年，艾恒某日回顧著少年的變化，才赫然驚覺時光又過了好幾年。

他的腳因疾病開始跛行，有時想飛行也使不上力，不過，日子竟也讓他這樣磨過來了。

或許也要多虧少年讓艾恒少做了許多粗重的工作。即使少年還是常常忘記標記藥草，惹來艾恒的數落，他們總是像這樣為了小事粗聲嚷嚷，不過也很快會將那些情緒拋在腦後，下一刻又坐在一起做著日常工作。

隨著他與少年的默契日益漸增，「伊拉」也越來越少出現了。

他已經明白少年偶爾會與伊拉交換意識，不過具體是什麼原因、什麼時機交換，艾恒怎麼也無法理解。經常是先破口大罵或頂著臭臉出現時，才發現眼前的人已經換成了伊拉。

尷尬的氣氛也隨之而來。

艾恒就算再怎麼遲鈍，也多少能察覺到，伊拉是因為自己而「不出現」的。

一想到這點就讓人更加尷尬。

『喀啦。』

某天，當艾恒推開家門，竟然已經煮好了晚餐；他不知道少年加了什麼，明明用的都是同樣的食材與香料，少年煮的料理卻飄散出鮮甜而濃郁的氣味。不過今天的味道明顯不是少年平常的手藝。雖然他們會輪流做飯，但這個香味的層次顯然與往常不同。

艾恒看著站在餐桌前的人，語帶遲疑。『喂，那個，你——』

『伊拉。』綠髮少年不安地答道：『我叫伊拉。』

『嗯。』艾恒點點頭，暗自因為自己猜中而感到慶幸，他脫下斗篷掛在門邊，接著朝廚房走去，但沒走幾步，忽然彎下腰用力咳嗽。咳嗽聲劇烈，彷彿一咳就停不下來，艾恒咳了許久，等他終於抬起頭後，才發現伊拉仍呆站在原處，臉上又露出懼怕的神色。

艾恒因此多了幾分緊繃，彷彿自己內心的焦慮也被勾起，『站在那裡幹嘛？』

『我……』

啊，又是那種尷尬的氣氛。

艾恒深深吸了幾口氣，然後逕自越過少年，來到餐桌前拿起碗盤。

很久沒這樣了。

不只是因為難得見到伊拉的緣故，更是因為難得吃到如此美味的料理。明明是同一個人，為什麼擅長的事卻差異這麼大呢？

艾恒邊吃邊想，眼角餘光不時掃向伊拉，發現他臉色鐵青，似乎沒什麼食慾的模樣，與平常粗魯無禮的模樣完全相反。

『伊拉。』艾恒突然開口。

『是。』伊拉緊張地拱起肩膀。

『煮得不錯。』他試著說點什麼緩和此刻的氛圍。

『謝謝……』伊拉低下頭，不敢對上那目光。『我……喜歡……』

『啊？』

『……喜歡料理。』

『喔。』

這倒是第一次聽說，不過，性格也差太多了吧。

話說回來，自己平常是怎麼跟少年聊天的？啊，仔細一想，好像都在為了日常工作的分配吵架，接著就自然而然聊起來了，不過這種方式……肯定對伊拉沒用吧。

突然間他又咳了起來，雖然沒有稍早那麼嚴重，但咳完之後，話題理所當然地中斷了，為了壓下內心的焦躁感，艾恒連忙開啟新話題。

『對了，信應該來了。』

『什麼？』少年嚇得一震。

『信。』艾恒四處查看，才總算找到壁爐上的幾封信件。『不是在那嗎？』

他將信拿了過來，裝作若無其事地翻閱起來。

即使艾恒總是不厭其煩地說著自己年少的事，以及亞爾曼的事，少年依然對這些信和亞爾曼一點興趣也沒有，不過，眼前的伊拉似乎就不是那麼回事了。當艾恒打開信紙的同時，伊拉也不禁伸長脖子，彷彿忘了對艾恒的恐懼。

『看來亞爾曼還在勤奮地培育學徒，真是的，都是他太聽話了，害我反被王室關切……』艾恒輕哼一聲，將伊拉臉上的反應盡收眼底。『我應該提過吧，亞爾曼那傢伙——該怎麼講呢，人太好了，對誰都溫柔，也很好說話。』

伊拉聽了表情顯露出困惑。

艾恒對那表情十分熟悉，每當艾恒對誰說出自己對亞爾曼的評價時，他們都會露出與伊拉相同的表情。

那樣不好嗎？亞爾曼對誰都溫柔、對誰都妥協、對誰都包容體諒——完全無視自己的慾望與痛苦，總是壓抑地生存著——覺得亞爾曼很好的傢伙，只是因為他們都是受惠的那一方。

『你覺得那樣很好嗎？』艾恒瞪著少年，『我倒是討厭像他那——咳咳！』

他又咳了起來。

等男人的咳聲停歇，伊拉才害怕地開口：『要藥草嗎？』

『……吃再多藥，時間也不夠。』艾恒低頭喘著氣，猛然起身，『我再出去一下，天黑前會打水回來，你在家待著就好。』

『好的。要我整理……』

伊拉可能說了什麼，但身體的狀況讓他無暇聆聽，直接走出木屋，伴隨著狂風離去。

真糟，本來還想好好聊聊的。

『咳、咳……』

他感受心臟緩慢而劇烈地收縮著，每一次跳動都耗盡全力。

很痛苦，不過這就是活著，沒辦法。

艾恒在屋外吹著冷風，意志仍頑強地與身體的病痛對抗，他相信就算自己死了，少年也能夠好好地生活下去，但是看見伊拉那模樣，艾恒又不免擔心起來。

……從什麼時候開始，腦中能思考的只剩下這臭小鬼的未來了？

艾恒扶著額，發出長長的嘆息。

隔天，艾恒沒有與少年告別，自己一個人飛向中繼貿易站。

沒有叫醒少年的理由很單純，若是被看見自己又拿起滑翔翼，無視身體的不適持續飛行，肯定又要惹來少年一陣叫罵了。

氣喘與咳嗽的次數變得更多，雙腿也經常不太靈活，艾恒也知道自己每一次長途飛行都是找死，但他就是本能想違抗些什麼。時間已經所剩不多，再妥協下去，就只能躺在床上等死罷了。

『艾恒先生，真巧啊，在這裡遇見你。』

當艾恒剛抵達中繼貿易站的時候，除了遠方的商隊和帳棚，還有一道陌生的黑影直直朝他飄來，發出禮貌又客氣的問候：『我是標記師「剪影」，曾是亞爾曼的學生，現在則是王室輔佐官。』

艾恒驚訝地打量這個不請自來的銀髮男子，接著抿起嘴，不悅地哼了一聲。

『你是特地等我的吧。』

『哎呀，不愧是「瀑風」先生，如同傳聞般犀利敏銳。』孟格塔立刻堆滿燦爛的笑容，那態度不像是標記師，更像是來銷售產品的商人。『只是想問候一下，你和養子最近還好嗎？』

『還行。』

『聽說你的養子對風魔法掌握得不錯，那麼，有望成為新的標記師嘍？』

這下艾恒明白孟格塔的意圖了。『我先說清楚，他只是基於興趣而學，並沒有打算以標記師為目標。』

『半吊子魔法師嗎？這應該不像是你的作風吧。』

『隨你怎麼說。』艾恒聳聳肩，轉身想走。

『請等等……還是說，你有其他用途？』

『啊？』他憤怒地側頭回來瞪著孟格塔。『有什麼屁就快點放出來，我不喜歡被你們這些宮廷的傢伙拐著彎探話。』

『哎呀，抱歉，那麼我就直說了，王室想知道你為什麼要收養孩子。』孟格塔也不避諱地笑著說道：『現在正是王室的敏感時期，我個人其實對你的生活不感興

趣，但王室很在乎你的動向，也想知道你為何與亞爾曼密切聯繫，以及……』

『去你的。』

『呃、你的措辭還真是強烈。』孟格塔笑容微微僵硬。

『你以為我不知道王室對亞爾曼的盤算？現在是國王要死了，所以亞爾曼本來能寫給我的信，如今突然又有問題了？你是這個意思？』

孟格塔思索了幾秒，完美地迴避了艾恒的目光，接著說：『啊啊，不是的，亞爾曼的事只是順道問問，是我不好。讓我們把話題回到養子身上吧。畢竟你沒有朋友、沒有親人、也總是不跟王室打交道，這樣的你突然會收養孩子、教授魔法，讓我們很難想像。』

『是你少見多怪了。』

『如果真相沒什麼，你大可直說自己只是老了、寂寞想要人陪伴什麼的，隨便編個理由讓我給王室交差也好。』

『我什麼都不需要說。』

『這正是問題所在，你總以為自己不需要說，但外頭的世界可不是這樣運作的。』

艾恒沒回應，而是低頭以滑翔翼撐著身子喘氣起來。

那虛弱的模樣讓孟格塔不敢搭話，他後退幾步，才對艾恒鞠躬說道：『看起來你的狀況並不好，我還是改天再去拜訪吧，告辭了。』

『喂，你說你是亞爾曼的學生。』艾恒咬牙努力穩住呼吸，在孟格塔離去前喊住對方。『他是不是變成了傻子，才會連你這種學生也教得出來？』

『替王室服務的標記師通常都不受歡迎，所以我很習慣別人對我擺臉色，謝謝指教。』

『那跟我說的是兩碼子事。』

『確實，但既然你打算隨意評價我，那我也回敬一句。你知道怎麼不讓亞爾曼像個傻子嗎？』孟格塔一樣面帶笑容，只不過從假笑變成冰冷的譏諷。『別老讓他滿心期待地寫信給你。』

艾恒的胸口頓時刺痛，嘴角卻揚起同樣冷冽的弧度。

『……關你屁事。』

自己的命運是自己掌握的，一切全都是自己的選擇，旁人無從置喙。

艾恒故意這麼告訴自己，然而事實是，那不過是自己不想插手他人的人生、也不想被他人干涉的藉口。所以對於命運，艾恒最不服氣的大概還是——

命運賜予的每一件事物，都是他所需要的，但他卻沒能及時察覺到這點吧。

與孟格塔談話過後，「伊拉」已經好一陣子沒有再出現。

反倒是宮廷來的探訪者變多了。

王室派出不同的探訪者過來，總是漫無邊際地話家常，想要與少年打好關係，不過每一個都被艾恒粗魯而失禮地趕走，於是少年也學會了養父的作風。

『那些人只會來破壞我們的生活。』艾恒總是這麼說著。

某天，少年忍不住問：『每個標記師都得被這些人糾纏不清嗎？』

『不會。如果你夠聽話，就能當他們的狗。』

『我才不要。』少年斬釘截鐵地說。

『那等我死了，你可以去鄰國……通常標記師無法隨意跨越國界，但你還有機會，只要無視那些希望你加入標記師的白痴們，先去找亞爾曼，他應該能幫你申請一份……通關證件。』

『你想死還早呢。』

『總是得考慮……』艾恒輕喘著。

『藥草茶喝了沒？』少年一個箭步來到男人身旁，協助他靠上椅子。

『喝多喝少都是一樣的。』

『……那明天讓我出門就好。』

『幹嘛？我是又老又殘，但不代表我得乖乖躺在床上。』

『你耍什麼脾氣？』少年難得露出惱怒的表情。『我又不是要你不准動，只是不想看你半路撞到岩壁摔死的蠢樣子。』

『知道啦。』面對那滿懷關心的怒火，艾恒也只能勉強妥協。

『說好了，明天我出門。』少年一副雷打不動的堅定模樣。

『知道、知道。』

即使如此，艾恒仍趁少年在睡夢中溜出門。

在寒冷的夜色中，雙腳凍得僵硬，風吹得他狂咳不止，好幾次得停下來歇息才能繼續前進。他飄搖欲墜，勉強抵達了交易站，過一陣子待天色全亮後，他才又提振起精神逼自己繼續往城市的方向飛去。

他不在乎自己的死亡。

他在乎的，只有自己死了以後的事。

於是，塞文就這麼看著一名手持滑翔翼的灰髮男人，捲著狂風吹開餐館二樓包廂的窗戶，一腳踩在窗臺上四處張望，他目光炯炯，無懼那一把把對著他的長槍與長劍。

『你就是傳說中的塞文殿下？』艾恒淡漠地開口，只是嗓音也虛弱無力。

塞文張大了嘴，驚訝又困惑地說不出話來，手中的食物也跟著落回餐盤。

『不是的話就打擾了。』艾恒轉身就要躍離。

『你怎麼……等等，沒事，讓他進來。』塞文連忙伸手阻止舉起武器的護衛，他努力斂起驚訝的神情，衝著艾恒溫柔一笑。『看你斗篷上的圖騰與剛剛那陣風，是艾恒．布格斯吧，呃、雖然非常突然，不過很高興見到你。』

『是嗎？大家都說你是親民的王子，經常在平民市集內用餐，希望那代表你更能聽懂我說的話。』艾恒收起滑翔翼，拄著它穩住身體。『我就直說了，我不想跟你們王室扯上關係，但最近探訪者們把我搞得很煩，拜託那些白痴別再叨擾，或是問我養子要不要當標記師了。』

『呃嗯……就這樣？』

『不然？』

塞文冒出陣陣冷汗，但還是盡力保持微笑，將雙手交疊靠在下顎，目光凝重。『我有聽到那些關於你與養子的風聲。如果你介意，對探訪者說清楚事實不就好了？』

『我為什麼要解釋？』

塞文搓著鬍渣，做出苦惱深思的表情，接著問：『這該是個問題嗎？』

『咳、啥？』

『大家都知道你在對你的養子做長生不死的實驗。』

這次，艾恒的表情凝滯了許久。

他花了點時間才回過神來，理解塞文口中的意思。

『誰說的？』

艾恒沉著聲，壓抑著怒氣詢問，只見塞文沒開口，但臉上的反應已昭然若揭。

伊拉或是少年？艾恒是做了什麼事，才會讓自己的養子傳出這種事情來？

『看來我該走了。』等不到塞文回答，艾恒憤而轉身走向窗邊。

『請等一下。』塞文嚴肅地喚住他，『「瀑風」，我聽說親王打算派出士兵，若你遇到困難……』

艾恒不再看他，甩著衣袖躍出窗外，只是口中呼喚魂名的速度也急促起來。

回家路上，艾恒抓緊滑翔翼的雙手微微顫抖，即使大口呼吸也無法吸足氧氣，只能隨著風讓胸膛急促起伏，鎮日旅途的疲憊感排山倒海而來。比起憤怒，此刻他內心更多的是困惑。

艾恒痛苦萬分，胸口像是被尖銳地戳刺著。

那時不時讓他半夜驚醒的痛感，在此刻多了幾分黑暗的味道。

是天色剛好黑了，還是他的視線黑了？

艾恒大口喘著氣、冷汗布滿臉頰，回到那修補了無數次的木屋前，沒有人出來應門，他的手無法控制動作，只能僵硬而粗暴地拍打木門，然後整個人幾乎是撞上去般推開了門，他跌了進去，立刻對上少年驚慌失措的眼眸。

『你知道怎麼回事嗎？』艾恒冒著冷汗，劈頭就問。

『啊……？』

『有士兵正往我們這裡來，還有其他標記師在調查我的事。怎麼回事？』

『我不知道。』

『你想裝死嗎？』艾恒用力咳了兩聲，他忽然意識到眼前的人並不是朝夕相處的少年，而是那個叫伊拉的傢伙。『聽好，你……唉，伊拉對吧？』

『如果你沒有別的孩子，大概就是吧。』

這是艾恒第一次從伊拉眼中讀到憎恨與幽怨的情緒。

原來如此。原來是這樣。

艾恒的胸口再次抽痛起來，心臟無力地跳動著，肺部捕捉不到氧氣，血管彷彿發出銳利的尖嘯，割裂自己的身體。他浮腫的手顫抖起來，死死壓著自己胸膛，恨不得直接壓住心臟似的。

『哼，這不是挺能講話的嗎？總之給我聽好，我要死了。』

伊拉雙腿顫抖地坐在地上，那眼神不像看著養父，而是一個屠夫，而自己宛如待宰的牲畜。聽見艾恒那樣說，伊拉的眼神反而更加驚恐，艾恒咬牙往前走了一步，用力擠出聲音。

『所以給我過來。』

『不要……我不要被你當成實驗品！』

這到底是從哪裡得來的白痴推論？

『嘖，我可沒時間跟你玩。』艾恒煩躁地咬牙，他伸出一手想觸碰伊拉，卻被他害怕地躲開，縮到牆角去。

艾恒追了上去，他想感受風，想聆聽風的聲音，想知道魔法能否在這一刻給予任何指引，但是艾恒什麼都沒能聽到。他只聽到血液在體內流動逐漸凝滯的聲音。

『真是的，麻煩死了！怎麼偏偏……還是乾脆把你打昏算了？』

只見眼前的伊拉尖叫起來，無助地貼在牆上閉緊雙眼啜泣著。

艾恒頹然地跪在地上，意識逐漸模糊，虛弱無比地喘著。血沫從他口中咳出，染髒了地板。

『咳、咳……咳呃！』

餘光瞥見伊拉躲進房間，艾恒深知自己已經沒有時間可以浪費，怒吼著喚來一道狂風衝破那薄弱的木板牆壁，劇烈的炸裂聲嚇得伊拉尖叫著昏了過去。

搞什麼。

事情為什麼會變成這樣。

孟格塔的話語在他腦中響起，『你總以為自己不需要說，但外頭的世界可不是這樣運作的。』

如果早點說清楚……或許很多事情都會變得不同。

但他不知道該在哪個時刻開口，是注意到伊拉害怕自己的時候？是自己試探少年的時候？還是發現放在桌上關於靈魂研究的手稿被翻閱過的時候？又或者是他決定收養孩子的那天？

還是……當亞爾曼說要離開首都，開始四處流浪的那時候？

艾恒原本感覺四周黑暗無聲，當他冒出這些念頭時，周圍似乎開始出現了光芒，將他溫暖地包圍起來，他看見自己與那名綠髮少年嘻鬧歡笑，看見在礦鎮首次相遇的場景，接著是自己陰鬱又無趣的生活，沒有愛斯特與亞爾曼的日子，世界彷彿黯淡無光，如果那襲金色燦爛的身影沒有與自己揮別，他們或許還會像在無波鎮那樣，假裝說要取代誰的身軀，又或者是在愛斯特的家四處胡鬧，過著平淡卻充實的日子，那樣的時光美好多了，比在自己的窮苦家庭裡好得多……

他的童年以及伊拉的童年彷彿重疊在一起……艾恒也看見了伊拉眼中的景色，充斥著魔法、開放的事物、來自一切源頭的邀約。他是艾恒，也是伊拉，也是愛斯特與其他人、所有人……他所知與未知的部分，都在魔法之中。

『老頭！醒醒！』

一道脆弱的呼喚聲將他從光的那端拉了回來。

艾恒睜開眼。一抹綠意映入眼簾，是艾恒熟悉的顏色。

『伊拉……？』

『是我！』少年生氣地拍著男人的臉，將男人緊緊抱在自己懷裡，臉上還帶著淚痕。『你倒在地上，叫也叫不醒！我正要把你拖到床上——』

『我有話跟你說。』艾恒臉色蒼白，語氣卻異常堅定。

『休息後再說！』少年驚慌地打斷他。

『兒子，聽我說。』

少年愣然停下。

不是因為聽從命令，而是被那稱呼驚訝得忘了動作。

『聽我說。萬物皆有生死，每個生命都有所屬的位置。』艾恒伸出雙手，試圖捧住少年的臉頰，但雙手已經感受不到任何觸感。『死與生是一體的，在魔法的源頭裡，所有靈魂皆毫無差別。』

『我不知道你在說什麼，我帶你去找醫生。』

『兒子……』

『我根本不在乎魔法，我只想要你活著！』少年哭吼出來：『你好不容易叫我……你為什麼不早點說！我……』

艾恒伸手抱他，氣若游絲地說道：『我曾後悔過沒能帶走亞爾曼……現在我深信，是魔法要我遇見你。如果我早點告訴你和伊拉，你們早就是我的兒子……如果我說……我不後悔……』

『艾恒？老頭？父親！』少年錯愕地看著那逐漸失神的臉龐。

『乖兒子……我把自己的魂名交給你。逃離這裡，等到安全之後，記得告訴伊拉……』

『不，我不要……』

『告訴他，只要使用魔法，我就在那裡。』

『不……』

艾恒沒有閉上眼。

他毫不迴避地對上少年的眼眸——並將自己最後的靈魂交給了他。

接著艾恒．布格斯走向了風。

第六章　絕境的反抗

少年把他所知道的都說盡了。

他跟艾恒的初遇、學習魔法的方式、生活的點點滴滴，以及艾恒直到最後一刻才喊他兒子的事。

亞爾曼彷彿隨著那道風，晃過艾恒最後的人生，少年的敘述，讓亞爾曼深刻感受到這兩人之間情感的重量，以及那個自己所熟知的艾恒，真正的艾恒——因為少年的回憶，栩栩如生地出現在眼前。

或許是一口氣接收了太多訊息，亞爾曼彷彿抽空了神識，不知何時，他早已無力地癱坐在地上，他一手捂著嘴，不知道該先說些什麼好。

「你、所以，你把艾恒的魂名……」

「我沒有得到他的魂名。他以為自己說了，實際上我只聽見他最後一口呼吸。」

少年鬱悶地說，「不過就算他說了，我也不會拿來做什麼，艾恒欣然接受了死亡，那我也應該要接受。總之，為了埋葬他，我耽誤了離開的時間，才會被士兵逮到，那時他們莫名堅持我就是艾恒本人，要把我帶到首都，所以我逃了。」

「埋了？」亞爾曼只注意到這個。

「我本來想把他跟著屋子一起燒掉，」少年仰頭，無神地說：「可是我做不到。」

那句話讓亞爾曼為之一震。

「你……來找我的時候，有想過對我坦承這些嗎？」

「我不識字，但艾恒會唸你寫的信給我聽，也常常談到你的事，不過我知道你肯定沒聽說過我，當時才覺得，直接偽裝成艾恒能讓事情比較簡單。」少年抓了抓頭，無可奈何般聳了聳肩。「我本來打算成功逃走之後再告訴你，以及……我也不曉得，可能也會找個方式告訴伊拉吧。」

「我也聽說過附體，只是從沒有親眼見過……不過，你顯然是在伊拉之後才出現的存在？」

那句話似乎刺痛了少年，以至於少年蹙眉露出不悅的模樣，但亞爾曼也找不到更好的說法了。與伊拉相處的這段過程中，亞爾曼漸漸理解伊拉的個性，也知道伊拉為什麼會需要「少年」的出現。

肯定是由於魔法的異常天分，與父母的不理解，使年幼的伊拉陷入崩潰了吧。

後來又誤打誤撞讓少年率先對艾恒產生了好感，於是時間久了，少年開始產生屬於自己的渴望，並藉著伊拉的懦弱說服自己，反過來佔據身體的主控權，才會導致接下來這一切的發展。

思及此，一股無處發洩的怒意湧上亞爾曼心頭，但他無法責怪伊拉或眼前的少年，畢竟，原本就已經失衡的精神，怎麼可能理性地理解自己身上所發生的事。

「我不知道這是不是魔法造成的，只知道我們的意識、個性全然不同。一開始……我第一次產生意識是在七歲時，也很快就知道自己不是這個身體的主人，所以偶爾才會在晚上出現，對那些欺負伊拉的家人找碴，然後再次消失。」

「你取代了伊拉。」

「我本來沒有這個打算，但我……也想要家人。」少年撇過頭，聲音裡沒有半點愧疚。

那句輕巧的回答，讓一陣戰慄爬上亞爾曼的背脊。

「那麼接下來，你打算怎麼做？」

「聽你的口氣……是想問我什麼時候離開伊拉？」少年冷冷地撇起嘴角。

「哎呀，敵意還真重。」亞爾曼無奈一笑。「不過，這就是『你』存在的意義吧。這段時間，真是辛苦你了。」

「少講得好像你很懂。」

「我確實是不懂，但是有件事我倒是明白了。你跟伊拉，其實都是一樣的。」

「喂，伊拉是伊拉，我是我，我也有自己的名字。」

「那麼，你特地跑到王宮救我，是你自己的想法、艾恒的遺志、還是伊拉的要求？」

被男人突然這麼一問，少年反而沉默不語。

「肯定不是艾恒吧，既然你不是伊拉，應該也沒有理由冒著生命危險救我，除非你也……哎呀。」亞爾曼調侃地笑著，故意打量少年難看又尷尬的臉，「那麼我們換個沒那麼自戀的說法，你跟伊拉的魂名是相同的，對吧？」

「你這傢伙……」

亞爾曼接著說：「既不是獨立分開，也不是完全相同的你們，只要回到靈魂的本源，就能明白你們之間並沒有不同。我感覺得出來，你與伊拉之間也越來越接近了。」

「哼……」

「所以我再問一次，『你』打算怎麼做？」亞爾曼那句話既不是對著伊拉，也不是對著少年，而是更深入的靈魂本質，彷彿不需要探詢，亞爾曼也能看透他的內心。「這個問題沒有正確解答，你只需要思考今後該用什麼樣貌活下去就行了。」

「我不想……決定！」少年臉色顯得有些痛苦。

「不行唷，自己的事，唯有自己能夠決定，只要你活著，就還有時間可以思考。別忘了時間是最寶貴的希望。」亞爾曼揚起嘴角，溫柔的話語有如擁抱，句句觸動著眼前的少年。「何況對於能夠掌握所有事物魂名的你，我想，是該來點特別的畢業課題。嗯？」

少年的表情頓時一變，光是那表情產生的微微變化，便讓亞爾曼認出眼前的人已經換成伊拉，果然，少年脆弱地彎下腰來，淚水也撲簌落下。

「老師，你……知道那代表什麼意思嗎？」他將雙手遮起臉頰，泣不成聲地說：「我從頭到尾都搞錯了……父親他……從來就沒有把我當成實驗品……全都是我自己……」

「伊拉，就算那樣……」

「是我害父親與自己被盯上，還把你捲進來……我明明不想這樣，可是我的身體卻……讓我搞砸了一切！」他已經聽不見亞爾曼的聲音，越哭越厲害，像是正在倒塌的塔樓，身體每一處都發出崩落的悲鳴。

「為什麼啊？從頭到尾，我恨的對象原來都是我自己！為什麼……我明明不想……但是為什麼會變成這樣啊！」

是啊，伊拉要那樣想也是無可厚非。

亞爾曼在得知真相的瞬間就決定原諒他了，但伊拉能否原諒自己，又是另一回事。

亞爾曼用力抱住伊拉，哪怕只有幾秒鐘，他也想試著承接那份哀傷。

「嗚、不要……老師……請不要、碰我……」

伊拉在男人懷中發出支離破碎的聲音，甚至連推開亞爾曼都無法做到，只能無助地崩潰。他好想躲回黑暗之中，忘卻這一切沉重的真相，可是這次連黑暗都沒有位置能夠給他。

「不要緊的。」

「才沒有不要緊……是我傷害了父親！那明明是我最想要的……我卻……！嗚

嗚……」

「哎，伊拉，其實魔法它——」

忽然，他們背後的樹叢傳來腳步聲，亞爾曼警覺地繃緊身子，正試圖改變兩人的姿勢，卻看見走來的人並非追擊的士兵，而是塞文。亞爾曼鬆了一口氣。

既然塞文來了，那麼最重要的應該是先帶著伊拉離開這裡。

「喲。」塞文撥開樹枝，彎身朝他們走來，「艾恒跟亞爾曼，你們終於會合了。」

「殿下。看來我們可以去河邊了，您還好嗎？」亞爾曼輕拍伊拉的頭後，將他放開，以免塞文看了又要多問。

伊拉也轉頭擦去眼淚，雖然身子還在顫抖，不過塞文出現的時機正好讓他們冷靜下來。

「孟格塔果然追了過來，不過被我輕鬆解決啦。話說回來，這附近的士兵忽然變得很多啊？」塞文一邊說，一邊緩慢地往他們靠近。

「抱歉，我們剛剛在城裡搞了個大騷動。」亞爾曼才說完，便聽到塞文後方似乎傳來更多的腳步聲，雖然十分細微，可能離這裡還有些距離，但他立刻警戒起來，拉著伊拉的手往河口的方向退後。

「是喔？沒關係啦，現在趕緊逃走就好。對了，亞爾曼啊——」

塞文邊打了個哈欠，邊走近亞爾曼，一直放在背後的手也伸了出來，拿著一把已經出鞘的長劍，就在兩人看到劍的當下，塞文一個反手刺出長劍，劍尖沒入亞爾曼的左胸口。

塞文的殺氣僅在那一瞬間展露，亞爾曼正想後退閃躲時已經慢了半拍，使劍尖在刺入左胸口的同時又被抽出，鮮血立刻染紅了亞爾曼的胸膛。

伊拉與亞爾曼都露出驚訝的神色，唯獨塞文一臉鎮定，甩去劍上的血，重新擺好架式。

「不是心臟啊？算了，肺也行。」塞文一邊打量亞爾曼慘白的臉色，一邊略感遺憾地說著，接著將目光移向伊拉。

「嗚！」

伊拉寒毛直豎，在這命懸一線的危機中，他徹底忘卻了剛才的悲傷，腦中只剩下亞爾曼胸前那片血色，以及塞文銳利的目光。

伊拉伸出手，他不曉得自己標記了什麼，忽然間，狂風與腳下的石塊都動了起來，往塞文的方向砸去。

塞文的反應顯然比伊拉靈敏，輕鬆躲開那些頭顱大的石塊，舉劍朝少年刺去。

伊拉不確定究竟是自己無意識的動作，還是「有人」替他做了決定。

他再度開口，這次狂風吹斷了樹枝、樹葉，像一道猛烈的颶風再次包圍住塞文，遮蔽了塞文的視野。伊拉不再猶豫，他張口哈著氣，趕緊扶著亞爾曼往河岸的方向逃去。

而塞文一手遮起眼睛，雙腳穩住身子，冷靜地停在原地等待，宛如老練的獵豹勢在必得。

少年奔跑著。

追趕在他身後的並非尖銳的叫囂，也不是憤怒的嘶吼，而是令人窒息的冰冷殺意。

伊拉腦中閃過這樣的畫面，他不記得自己有經歷過這種事，覺得這一切都詭異極了，就連此刻逃跑的動作也流暢得不像自己。

伊拉扶著亞爾曼往下坡的方向走，他嘴裡唸唸有詞，兩人腳下便不再是盤根錯節的樹根或滿是鬆土的險坡，而是一條平坦的長斜坡，伊拉冒著豆大的汗珠，除了變換地形讓兩人更容易移動之外，同時還得不斷改變身後樹木與泥土的模樣，建造出一道道高牆，延緩塞文追上他們的速度。

好可怕。

自從上次整理愛斯特的家以後，他幾乎沒有同時操控大量不同的魂名。

但即使做了這麼多，他也不覺得自己真的脫離險境，畢竟塞文的實力太過高深莫測，他不敢妄想自己打得贏，更何況事關亞爾曼的性命……

伊拉前所未有地專注，連自己累得腿痠手麻都渾然不覺，畢竟要同時瞻前顧後比想像中來得耗神。

「河……」

「怎麼了？」伊拉嚇得停下腳步，發現男人看起來又比剛才更虛弱了點。

伊拉這才驚覺自己只顧著逃跑，都沒有注意到亞爾曼的狀況。

「河……呼……」亞爾曼虛弱地以手一指。

伊拉努力辨識亞爾曼所指的方位，他們似乎就快逃出森林，水流聲也逐漸明顯，伊拉試圖聆聽周遭的聲音，努力讓感官提升敏銳度，果然在空氣中嗅到清涼的水氣。

「到河邊嗎？還是要越過河流？」伊拉緊張地追問。

亞爾曼搖搖頭，似乎還想說些什麼，但是他的表情太過痛苦，只能吐出虛弱的喘息，並努力隱忍身體的不適。別說施法標記了，亞爾曼甚至連要開口講話都有困難，顯然，塞文很清楚該怎麼攻擊標記師的要害。

好可怕。自己絕對不想面對塞文，一定會死。

不，死就算了，像自己這樣的人，一點存活的價值也沒有。

可是老師……只有老師不能死……

伊拉的手顫抖著，努力撐起亞爾曼的身子，或許是過於害怕，伊拉的眼裡不禁噙著淚水。

身後的士兵緊追不捨，砍斷那些脆弱的樹枝與鬆軟的泥土，不斷突破一道道高牆，即使伊拉已經很努力設下障礙，他們與塞文似乎也只拉開了些許距離。

他該怎麼做？是先擋住後頭的士兵，還是想辦法治療亞爾曼的傷勢？他只有老師……而老師的生死也全都仰賴他的判斷……

不行，聲音太多了，他沒有時間分辨那些尚不熟悉的魂名，死亡的氣息又如此逼近，伊拉沒有時間感傷，卻也沒有時間思考。

好想死。
好想逃走。
好想活下去。
「唔……」
突然，亞爾曼跪倒在地，或許是逃跑導致傷勢加劇，已經讓男人到了極限，伊拉抱著亞爾曼，好讓他能靠在自己身上，只見亞爾曼發出伊拉從未聽過的痛苦喘息，嘴角也不時吐出幾絲血沫。伊拉不知道塞文究竟刺中肺部哪裡？聽塞文的口氣，那是很嚴重的傷嗎？亞爾曼還能撐多久？
「老師……！」
「嗚……伊拉、沒事……」亞爾曼一手緊緊勾著伊拉，但那應該只是過於疼痛的緣故。
伊拉瞬間淚如雨下──為什麼都到這個時候了，老師還在替自己著想呢？
「在這裡！」
塞文沒多久便出現了，他僅隔著一道樹牆，大聲地朝身後的士兵喊著，顯然樹叢與枝幹對他沒有影響，只要砍對位置，就能輕鬆砍出一個缺口來，只是那速度之

快，讓伊拉懷疑那傢伙是否其實也會魔法。

「搞什麼，我還以為你只會操縱風呢。」塞文嗖地一聲從樹牆中鑽出，他臉上多了好幾道被枝葉刮出來的細傷，卻仍一臉平靜。「乖乖地別動，再逃下去，你也救不了亞爾曼的。」

他身後陸續冒出無數名皇家士兵，每個人手中都舉著十字弓，在遠離伊拉一定距離的位置瞄準，上頭的弓箭也蓄勢待發。塞文一個手勢暗示士兵別輕舉妄動，接著晃晃長劍往伊拉走近幾步。

一個接一個冒出的人們，在伊拉耳邊添增了更多雜音。

伊拉加快了呼吸，他無法辨識出屬於亞爾曼的魂名了，他絕望地抬頭，連塞文臉上的表情都看不清楚。

「不要……我可以……死……但請你……饒過亞爾曼老師……」伊拉流著淚水斷斷續續地說。

塞文先是對伊拉的話語感到訝異，然後才開口說道：「艾恒．布格斯以及亞爾曼．昂傑……雖然我們相談甚歡，本來也打算出手幫助你們，不過現在親王顯然不想留你們的性命，那麼很遺憾地，我必須優先保住我的地位。」

塞文是什麼時候決定背叛他們的？是親王發布追緝令的時候、與亞爾曼見面的當下、還是在更早之前？面對塞文臉不紅氣不喘的宣言，伊拉抽著氣，一瞬間好想讓自己躲回黑暗。

他不想面對人們險惡的心思，不想面對世界的殘酷。

可是這次不管他怎麼祈求，都沒辦法再回到黑暗裡了。

「行了，別動，否則只會更痛苦。」塞文一面舉起劍，大步走向緊緊抱住亞爾曼的少年。

伊拉深信，眼前的男人僅需瞬間，就能讓自己一劍斷氣。

不管伊拉逃或不逃，結果都是一樣的。但是對亞爾曼的在乎終究勝過內心的恐懼，伊拉哭著緊閉雙眼，思緒沉靜下來，塞文揮劍的聲音在他耳中逐漸轉慢，金屬長刃的形狀在他腦中勾勒出來，他開口大聲喚出其魂名。

「搞什麼！」塞文驚訝地看著手中的劍忽然裂開成了片片落葉，不禁嚇得退後一步。

伊拉沒有回應，依舊閉眼專注地呼喚魂名，溫熱的血從他的鼻子緩緩滴落。

樹根、花、石子、葉片、羽毛。

還有什麼？喊出來。

泥土、青苔、果實、野菇、毛髮。

來吧，全部喊出來。

露珠、亞麻布、鐵、鋼、皮革。

伊拉嘴裡不停歇地喚出各種魂名，有的甚至連他自己也不明白是什麼，但是他全都喊了。

有人忽然倒了下來，不是被樹根緊緊纏住，就是被裂開的地洞吞噬，或是被襯衣緊緊蓋住臉龐扯不下來，他們手中的十字弓胡亂射出，箭矢卻長出羽翅飛向樹頂的鳥窩。

塞文的髮尾也像是被無形的手用力抓起，將他整個人拖往遠離伊拉的方向。

「什麼、喂！喂？」塞文吃痛地慌張大喊：「搞什麼啊！這也太作弊了！」

伊拉半跪在地，魂名越唸越急促，他聽見萬物回應了自己的聲音，那種感覺彷彿一塊巨石壓在胸膛上，使他快要無法呼吸，意識卻格外地清明舒暢，即使沒有睜眼，也能透過聲響感受到塞文與士兵的距離，甚至是他們身上發生的變化。低沉的、尖銳的、細柔的、沙啞的……各種聲音透露出一切事物。

好神奇，這就是魔法……不，是萬物的本質。

他忘卻了自己，融入世界之中，此刻的他既是強韌的野草、硬挺的樹枝、爬行的蟲子、流動的微風，他同時是這些事物，也是伊拉，也是……

對了，亞爾曼老師。

伊拉稍微拉回了思緒，轉頭看向氣息虛弱的金髮男人。

伊拉現在的感知有別以往，他能將無數事物感受得透徹，直接越過了外衣和皮膚，聽見男人破裂的肺臟、血管與肌肉發出的哀號。

他可以救亞爾曼，他辦得到。

「等一等。」

一道聲音輕柔地出現，卻重重喚醒了伊拉。

是凱泱。

只見她赤腳站在伊拉一旁，全身濕漉漉的，藍色長髮蓋住半張小臉與身體，她似乎躲在河水裡靠著水流移動而來，或許是等不到兩人抵達指定的位置，所以直到現在才趕來，她的眼神與水一樣清冷。

「凱泱！」或許是過於驚訝，伊拉脫離了浸泡於魔法內的全能狀態。

「哎呀。」盯著少年臉上的鼻血，凱泱這才驚訝地睜大了雙眼。

「我剛剛如果沒有出聲，你可能就這麼死了。不過那些士兵也太狼狽了吧，真好笑。」凱泱輕鬆地調笑著，似乎還處在狀況外。

「凱泱，先別管我了，亞爾曼老師需要幫忙，我得——」

一股突如其來的劇痛撕裂了他的聲音。

凱泱僅是朝著少年張開一隻手，嘴裡喃喃操控著魂名，伊拉順著那痛楚低頭查看，只見自己的左胸被一根尖銳的冰錐貫穿，他不曉得那根冰錐是怎麼來的，可能是身旁的河水、可能是身上的汗或空氣中的水分，他沒想過還能這樣操控，凱泱在這方面的能力顯然高他許多。

更糟的是，他無法說話了。

那個傷口位置與亞爾曼一樣，似乎只要貫穿那裡，就能讓人發不出聲音來。

「呃……嗚……！」

「抱歉。我也是不得已的。」

凱泱低頭以濕透的長髮蓋住自己的表情，隨著她的呢喃，不遠處的河水高漲起來，夾帶著泥土與草葉，爬過石堆與草皮而來。凱泱低沉的聲音宛如邪惡的詛咒，伊拉只能無力地看著水勢越發洶湧，淹過自己的腰。

伊拉很想逃，但那巨大痛楚撕裂了他，他幾乎動彈不得，只能任由凱泱一腳將他踹進水中，被那水流捲走。

為什麼？

為什麼事情會變成這樣？

凱泱是在演戲嗎？

他想不到在這種情形下，兩人還能有什麼得救的辦法。

他載浮載沉，卻無暇顧及身上的痛楚，連忙搜尋亞爾曼的方向，竟看見凱泱一腳踩在亞爾曼身上，嘴脣微微開闔，男人渾身一震後便失去動靜，像是女孩給了他致命一擊，接著也被踹入水中。

混帳。

混帳。

混帳——！

伊拉再也無法說服自己。

他激動地想要大叫，胸口卻劇痛不已，明明只是被刺穿肺部，身體卻像失去了所有力氣。原來剛才亞爾曼一直都處於這種痛苦之中嗎？

一想到信任凱泱的結果竟是這種下場，伊拉徹底憤怒了，即使感覺像被一道閃電劈開，從骨髓深處迸裂的刺痛感遍布全身，他的手腳還是動了起來，往那道失去意識的身影游去。

「哈啊！」

伊拉把握頭浮出水面的瞬間大口換氣，但很快又被湍急的水流壓下。他們似乎順著凱泱操控的流水，被帶入真正的河流中，暗流不斷翻轉著伊拉的身子，他一轉眼便追丟了亞爾曼的位置。

這樣下去不行……

他在重新浮上水面的瞬間開口想喊出河水的魂名，吐出的卻只有氣泡聲。掙扎了幾次後，伊拉發現自己或許是吞了太多水，那嗆鼻的難受感逐漸消失，無比的沉重取而代之，他想往水面游，卻連一根指頭都動彈不得，甚至開始恍惚，連思考的速度都慢了下來。

自己還得去救……不、還是放棄吧，沒希望了。

聲音……魔法的聲音呢？

自己是不是什麼都聽不見了……

伊拉視線一黑，徹底暈了過去。

凱泱一腳踩在河邊的石頭上，確認河流完全退回原本的水線，她低頭聆聽河水的變化，對自己造成的傷害感到一絲愧疚——為了能夠在內陸操縱水，她喚了大海的魂名，引了一部分的海水過來，即使只有短短幾個小時的時間，她也能感受到來自河流的憤怒。

後續要安撫也得花上不少時間，但是凱泱並不後悔。

她最終還是決定站在人類、不，應該說是塞文這邊。

雖然懊惱，但也別無他法。

「凱泱？」

塞文狼狽地走來，其他士兵也逐一掙脫束縛，聚集在兩人身後，顯然都目睹了凱泱剛剛做的事。

「我殺了伊拉，現在他們兩人都掉進河裡了。」

「真的死了？」

「您不信任我？」凱泱白了他一眼。

「妳說呢？」

凱泱聽見那句話後，嘴裡碎碎唸了幾句。

「妳說什麼？」

「說您是個大混帳啦。」

塞文愣了一下，接著不明顯地微笑，因為角度問題，只有凱泱能見到那個笑容。

「走吧，回王宮。」他轉頭呼喚那些士兵。「既然死了也沒辦法，再派人去下游搜索就好。」接著他撿起劍柄，掂了掂重量後，隨手收了起來。

「真的死了嗎？」一名士兵站了出來，瞪著凱泱。「既然死了，又為什麼要標記河水把屍體沖走？」

塞文回過頭來，走向全身僵直的凱泱，伸手一把將她摟到身側，掃視那些士兵。

「『黑水』擅長的就是操控水，不用水要做什麼？期待她拿劍打鬥？我可是直接貫穿了亞爾曼的胸口，凱泱也傷了艾恒，你們都看見了吧。」

「親王殿下肯定會想要見到屍體……」

「下游湍急，又連接海口，沒那麼容易找到的。」

「我不是這個意思。」士兵不安地將手放在腰間的劍柄上。

聽見那道質疑，塞文悠悠放開凱泱冰冷的身軀，手肘直接靠在其中一個士兵肩上，眼神銳利，帶著陰險的氣息。

「收起你的手。如果不是我跟『黑水』在這裡，你們連要傷到標記師一根頭髮都做不到，依我看，這裡應該只有我有資格拔劍。所以我再問你一次，亞爾曼跟艾恒是不是死了？」

士兵輕抽了一口氣，即使表情不太情願，還是在塞文冷酷的眼神中認分地點了點頭。「是。」

塞文彎起眼，聲音輕柔地說：「那麼現在我說，我和『黑水』要一起回去王宮，給新國王一個交代。你還有任何該死的疑問嗎？」

「沒有。」士兵的聲音變得怯弱。

塞文散發的壓迫感迅速蔓延開來，在場沒有一個人再敢露出質疑的表情，紛紛聽話地迅速動作。塞文這才滿意地點頭，並朝凱泱勾了勾手，要她跟好自己。

女孩甩甩頭，短短幾秒就揮去身上的海水，一身乾爽地來到塞文旁，眼中只剩下陰鬱的色彩。「希望這樣做是對的。」

「抱歉，讓妳還得花時間修復河流。」

「您只在意這個嗎？」

「我只在意我在意的事。」塞文長長的睫毛垂了下來，語氣像是安撫，卻又藏著一絲凱泱最不願意看見的算計眼神。「計畫已經完成了，凱泱，別忘記，我們只能做好力所能及的事。」

凱泱沒好氣地瞪著他，接著無奈地噴著鼻息。

這就是她為什麼信任塞文的緣故，他總是如此務實。

要完成讓亞爾曼與伊拉活下去，而塞文同時能保全自己的計畫——大概也只能這樣了。

◆◆◆

他終於回到黑暗之中。

沒有任何聲音、顏色與光芒，絕對的平靜。

奇怪的是，他卻無法再像以往那樣感到安心，更多是憤怒、悲傷與悔恨。

無法原諒自己。

無法理解自己。

無法喜愛自己。

是從什麼時候變成這樣的人呢？

那個與自己相似的聲音響起——你是白痴嗎？

伊拉的思緒被拉回，他雙手環抱膝蓋，將自己緊緊蜷成一團，沒有力氣反駁。

只會把事情搞砸的蠢蛋。那聲音鄙夷地接著說：還不如一開始就認命把身體交給我，那樣的話，我們現在早就在海的另一邊了。

或許是吧。伊拉的胸口抽痛起來。

自己當然可以把身體交出去，活得更輕鬆。

但自己唯獨放不下對亞爾曼的掛念……如果不是老師，自己也不會這麼努力面對這個世界。

這種可笑的理由也說得出來？聲音似乎知道他的心思，於是語氣也越發冷酷，像是要貫穿伊拉似的逐漸加強攻擊力道。

那我為什麼還在這裡？就是因為亞爾曼教你魔法也是浪費時間！你只想得到別人的關愛，卻連判斷能力都沒有，只是一個勁地將別人拖下水。廢物，可悲到極點

的傢伙。你這種人只要一直躲在這裡，靠我保護就足夠了！

伊拉內心深處明白自己不該反駁。

可是少年的譏諷引燃了他體內的火苗，在黑暗中勾勒出一頭金色長髮、男人溫暖的笑靨，以及偶爾略帶感慨的眼神，火苗在瞬間蔓延，變成一團烈焰爆發出來。

「不是的……」

什麼？

「如果我做錯了……也應該是……」

由我自己彌補——他的話語卡在喉嚨，那瞬間的猶豫立刻被少年捕捉到了。

就憑你？

那輕蔑的噴氣聲，輕易摧毀了伊拉努力建立起來的信心。

伊拉害怕不已，全身不受控地顫抖著，不斷搖頭想努力甩開少年籠罩自己的陰影。他知道，身前的少年為何能猜出自己想說的話，以前的伊拉不敢承認，但是現在的他已經完全明白了。

不管那個少年給自己取了什麼樣的名字，本質依然與他相同。

「閉嘴……」伊拉冒出冷汗，發出軟弱的反駁。

為什麼？

「因為……我想自己說。」他乾澀地吞著唾沫，努力將自己破碎的情緒組織成語言。

少年安靜下來。

「不是用你的方式……而是……我自己……說出來。」

他好害怕。即使少年就只是站在那裡，甚至沒有走近或動手。伊拉不曉得自己在恐懼什麼，於是他努力回想自己抱著受傷的亞爾曼逃跑、與塞文對峙、施展出前所未有的魔法、在河水中一心一意想著亞爾曼的安危。

他對少年與這個世界都感到恐懼，但現在的他卻更害怕枉費亞爾曼的付出。

他確實是個愚蠢、懦弱、只想獲得關愛的傢伙。所以，才更應該不計一切回報那個願意給予他溫柔的男人。

「老師說過，自己的事，只有自己能夠決定……」伊拉咬牙，忍著顫抖抬起頭來，含淚努力看清眼前少年的臉龐，「我不需要你……不過，我會接受你。」

這句話埋藏了伊拉的千愁萬緒，令少年沉默了很久。

接著，少年的臉開始變得破碎，在伊拉驚訝的眼神中，重新構築起一個陌生又

熟悉的樣貌，頭髮變成澎亂的灰色，遮蓋起那雙銳利卻不失溫柔的目光，伊拉明明沒見過那樣的他，卻瞬間感受到一股暖流經過全身，使他無法控制地掉下淚來。

這不是想做就能做到嗎？

那道聲音驅走了一切黑暗。

伊拉驚慌地想抓住那道身影，即使在目光交會中，兩人已經完全理解彼此，伊拉腦中不斷流入那些零碎的日常片段，所有曾經令人痛苦的記憶都被洗淨，剩下純然的美好，但伊拉就是想要對那個領養自己、徹底改變自己未來的人，親口說些什麼——如果沒有將這些情感化為言語，便無法將那份重量具體地傳遞出來。

於是伊拉扯開嗓子大喊。

在灰髮男子的身影完全融入白光之際，伊拉終於聽見了——

那個一直存在，他卻唯一沒有發現的聲音。

那是來自風的迴響。

◆◆◆

海浪規律的聲音有如溫暖的拍打，讓身體隨著每一道浪潮擺動；等伊拉睜開眼時，首先映入眼簾的是一片澄澈的藍色晴空，接著一名黑髮少年忽然湊近，臉上寫滿擔憂。伊拉還淌著淚水，躺在搖搖晃晃的船板上，恍如隔世地被黑髮少年搖晃著肩膀。

「伊拉！你終於醒了！」

「雷……克藍？」伊拉恍惚地看著他，一時間還不敢相信自己竟然活下來了。

「是我。你突然大哭大叫，所以我拚命叫醒你，還好嗎？身體有哪裡痛嗎？我用的藥草應該都發揮功效了，如果你還有哪裡不舒服，務必要告訴我，好嗎？」

伊拉渾身僵硬地坐起，才發現他與亞爾曼躺在一艘木製篷船上，半圓形的船篷遮蔽半個船身，他與亞爾曼就是躺在這裡。

看來他們仍在水上，但已經不是先前那條又窄又急的河流，而是寬廣無邊的汪洋，而高聳的斷崖宛如天然的城牆，遠遠佇立在船隻的左側，雷克藍重新握好船槳前進，不斷喘著氣，似乎划得很累，卻不敢停下手中的動作；伊拉驚訝地呆愣了許久，這才從朦朧的意識中驚醒，明白自己並不是在作夢。

「這是怎麼回事？」

「抱歉啊，我又要顧你們傷勢，又要划船，又要避開王國的船隻，整個人根本忙不過來！真是的，凱泱竟然叫我做這種不擅長的事情，害我這幾個小時都在胃痛！」雷克藍一開口就是連珠炮般地抱怨。

「凱泱、塞文……那兩個混帳！」一想起凱泱和塞文的作為，伊拉的怒火再度湧了上來，一個箭步撲到雷克藍身上，憤怒地揪著黑髮少年的衣領。「你們到底在策劃什麼！為什麼亞爾曼老師會被攻擊！」

「等等，先聽我說！」雷克藍慌張地喘息道：「凱泱出城不久後，便悄悄派魚傳訊息叫我跟著出城，等她的指示見機行事……沒人跟你說嗎？」

伊拉低頭查看，只見胸口已經被好好地包紮起來，他忽然想起凱泱刺穿自己時的眼神，以及那些曖昧不明的話，仍不敢置信地瞪著雷克藍，實在無法放下戒心。

「計畫我都聽說了，讓你們受傷也是不得已的。」雷克藍放下船槳，疲憊地靠在船身。「不做到那樣，沒辦法讓親王相信你跟亞爾曼真的死了。而我的標記能力能大幅加強藥用植物的功效，凱泱才會要我過來治療……」

「塞文明明是想殺亞爾曼老師！」

「如果真的想殺你們，怎麼可能只會刺中肺部？又怎麼會用冰塊延緩你們的傷勢？士兵當時肯定也在看著，計畫變數太多，他們無法解釋清楚也是難免的！你先冷靜點！」雷克藍拚命解釋，深怕自己會被伊拉拋入水裡。

伊拉雖氣憤難平，卻答不上話來。

確實，那兩個人都正好刺在肺部，就算致命，起碼還有時間可以搶救，也更容易誤導士兵，凱泱用冰塊包覆在傷口上，也是為了落河的過程中能夠暫時止血。這都說得過去，但是風險還是太高了，中間一個過程不慎，亞爾曼老師有可能真的因此死去。

這麼危險的計畫，他不敢相信老師竟然同意了。

「總之，你們已經在海上了，凱泱會確保海象平靜，已經沒事了，好嗎？除了……」

「除了什麼？」他聲音一啞。

雷克藍沒有接話，而是瞥向躺著的亞爾曼。

伊拉揪緊他衣領的手微微顫抖地鬆開，趕緊回到亞爾曼的身旁。

男人看起來像是沉睡著，只是呼吸極淺，若沒有湊近細聽，肯定會以為他已經沒了呼吸。這個想法讓伊拉心跳漏了一拍，他伏貼在亞爾曼身旁，伸手撫過男人微涼的肌膚。「他看起來很糟。」伊拉害怕地說。

「是，這也是我現在非常緊張的原因。」雷克藍擦去額上的熱汗，也朝亞爾曼靠近，揭開亞爾曼的上衣，讓伊拉清楚看見那包紮良好的傷口。「我盡力治療了，藥效確實有發揮出來，傷口恢復得也很好，但是傷勢更重的你，反而比他更早清醒……而且他的脈象與意識越來越微弱，我不曉得原因。」

伊拉狐疑地聽完，索性集中精神，試圖深入聆聽男人肉體的魂名，他發現雷克藍說得沒錯，藥草發揮了穩定的效果，身體各部分都在往好的方向恢復，但亞爾曼的氣息仍然越來越細微，就像是——自主放棄了生存一樣。

伊拉一抹臉頰，發現自己竟然沒有流淚，也沒有半點脆弱的想法。

相反地，他感到前所未有的堅定，「我要救他。」

「你？」雷克藍訝異地打量伊拉，不太確定地開口：「你是……等等，你現在到底是伊拉還是艾恒？」

伊拉不理會他的疑惑，而是在腦中思索。

魂名、靈魂、記憶……以自己的能力有辦法捕捉多少？

不，沒時間想那麼多了。

「抱歉了，老師。」

伊拉深呼吸，將頭靠在亞爾曼的額頭上。

他得排除掉不必要的雜音，聚精會神地感受，回想每次他與亞爾曼如此貼近的時刻，他一定聽見過，那個獨一無二、拯救自己無數次的聲音。

「亞爾曼・昂傑。」伊拉的語氣飽含著眷戀與決心，「請讓我呼喚你的靈魂。」

◆◆◆

『準備好上路了嗎？』

是誰的聲音？怪了，我是誰啊？現在又是什麼時候？

他的思緒迷迷糊糊的，感覺內心剩下一片混沌，唯一清晰的只有自己吐出來的聲音。

『嗯，王室的人要我去找一位當地的標記師導師學習，所以叫我準備好學費、禮物、乾糧、還有大量的酒……雖然對方的稱號是「茴香酒」，但是讓我帶著這些上路真的沒問題嗎？』

哦，我想起來了，今天是我與艾恒在首都分開的日子。我是亞爾曼．昂傑，一個才剛成為標記師就對這門職業心灰意冷的可憐傢伙。

感嘆之際，眼前的景色忽然變得具體許多，午後陽光將紅磚屋牆以及地上大量的行李都照成暖色系，未掩上的大門外吹來徐徐暖風，掀起灰髮少年的瀏海，露出他一如既往的漠然眼神。

他緊盯著這一幕，抱著此生都不能將之忘記的覺悟。

這將會是今後伴隨他度過無數年月的珍貴寶物。

『你不會偷喝吧？』艾恒問。

『怎麼會偷喝啦？』亞爾曼失笑。

『我們也不是沒偷喝過愛斯特的酒……』

『啊，那次真的很慘烈，酒難喝到不行，還被老師痛毆……』亞爾曼揉著額頭，發出尷尬的笑聲，接著便看見王宮的馬車從遠處而來。『唔，馬車好像來了。』

『喔。』

『艾恒，我該走了，你要好好保重。』

『嗯喔。』

『我是說真的啦！照顧好自己，以後我會……』

『亞爾曼。』艾恒突然打斷他。

『怎麼了？』

『你是不是正在標記你的臉？』

『呃？』他渾身一僵。

『是嗎？』

『沒……呃不，我幹嘛標記自己……要幹嘛？』

『這樣啊，所以你現在的表情都是真的。』

亞爾曼腹部一陣痛楚，卻還是自然而然地勾起微笑，『當然，我……』

『你這陣子總會帶些人回來房間，我不打算追究，想說那是你發洩的方式。』

『那個……該怎麼說……不算是吧……就想試試是什麼感覺……』亞爾曼垂頭，他沒想到艾恒竟然要在這時提起這件事。

『這樣啊。』

『幹嘛啦，突然講這個很尷尬耶。』

『是啊。』

『那你還……』

『因為我想知道，你離開的事只有我覺得難過嗎？』艾恒用直率的表情對著亞爾曼，難掩語氣中的動搖與哀傷。

面對這突然的提問，亞爾曼只能陷入沉默，窘促地低頭保持微笑。

拜託。

忍住，亞爾曼。

他不能在這時承認並解除標記，絕對不能。否則他會當場崩潰的。他可能會當場吻上艾恒，或是做出比那更過分的事，他想在艾恒身上留下印記，哪怕一丁點也好，讓艾恒知道自己絕對不是毫無感情的人。

不要戳穿我，但是拜託理解我。

艾恒，請你看著我，真正的我。

『亞爾曼．昂傑？』首席標記師搓著下顎，從剛停妥的馬車處走來，他的呼喚聲正好打斷了艾恒想說的話。『啊，你已經出來啦，很好，我之前說的東西都準備好了嗎？』

『啊、是……我好了！』

『那麼就出發吧，我們沒有時間了。我會先帶著你去跟「茴香酒」打招呼。』

『是……』亞爾曼像被從水中解救似的，總算得以呼吸，他緊張地應聲，接著轉頭看向毫無反應的艾恒。

『去啊。』艾恒蹙眉，簡短的語氣令人聽不出情緒。

亞爾曼好想哭。

他正想開口說些什麼，卻被首席標記師牽起了手，溫柔地微笑以對，不曉得是否刻意想打斷這感傷的氣氛，或是根本沒注意到兩人之間微妙的表情，亞爾曼在那樣的舉動下，也只能溫順地跟著首席標記師一齊走上馬車。

亞爾曼坐定後，馬車隨即動了起來，他焦急地透過小小的窗戶想尋找艾恒，卻只看見艾恒頭也不回地走進屋中。

啊啊。一切就只能這樣了，也是，自從標記自己的表情時，就該知道會是如此。

艾恒怎麼可能理解自己在想什麼，又不是肚子裡的蛔蟲。

自己肯定傷了艾恒吧，但自己也傷得很深啊，怎麼辦？

『第一站不會離首都太遠，雖然是郊區，但也是個很舒服的地方，你可以完全信任「茴香酒」。』

『還真是令人期待呢。』

『你還好嗎？』

『我很好。』面對那明知故問的語氣，亞爾曼只是回應一記完美的笑容，『哎呀，該怎麼說呢，也只能這樣了吧。嗯，哈哈……呵……』

『亞爾曼？』

『啊哈哈，抱歉，我沒事。我只是覺得想笑。哈哈……』

他掩著嘴，不斷發出斷斷續續的竊笑聲。

沒事的，只是想笑。

因為也只能笑了不是嗎？

被迫步上學習之路後，亞爾曼幾乎忘記自己是怎麼撐過來的。「茴香酒」人並不壞，將自己能教的全都傳授給亞爾曼，但這樣的日子沒有持續太久，一年後，他再度踏上旅程，然後學習，再繼續上路，繼續學習，繼續……

有時候，那些標記師不教知識，有些標記師則不太適合與他人相處。漸漸地，亞爾曼也無心學習了，到後來根本沒幾個人願意認真教他，只想將這個燙手山芋趕走。

於是不曉得何時開始，他爬上了某個導師的床，還是對方先爬上自己的床呢？記不得了——在那美麗的容貌之下，不管是要達成哪個都很容易。或許就是在這時，他忽然開竅了。比起認真思考如何擔任導師、如何四處流浪，還是苟且度日、即時享樂更適合自己。

在這孤獨的旅途中，他只想要點燃短暫的篝火，感受那份足以讓人不再憂慮未來的溫暖。

醉生夢死的感覺沒什麼不好。

他表面如常，照著王國的期望做著他的任務，到了夜晚便渾渾噩噩地活在他人的擁抱中。

直到愛斯特的一封信出現——

『你為什麼變成這樣？』

回到愛斯特的家後，婦人斜躺在床上，劈頭便說了這麼一句話。

亞爾曼不明白愛斯特指的是什麼，如果是自己身上的行頭，那倒是可以理解。

他總是將自己打扮得很好看，頭髮也開始留長了，在魔法標記下，容貌幾乎停留在最完美的時刻，即使總在鄉鎮間移動，他還是把自己打扮得像個首都來的男人，意氣風發。

『我才想問老師吧。』亞爾曼無奈地將行囊放下。『為什麼不接受王室的幫助，搞到現在下不了床，還寫信找我回來？就這麼討厭受他們照顧嗎？』

骨瘦如柴的愛斯特披散著頭髮，側頭打量著他，『你的事蹟我都聽說了，那些事……是真的嗎？』

『如果是宮廷的人說的，那八成就是吧。』亞爾曼心不在焉地應聲。『沒什麼，就只是我的魅力傳開來了，不管到哪都很受歡迎，好多人送我禮物，或是求我看他們一眼，還追到偏僻的地方去……不覺得很可愛嗎？』

『你內心的聲音也是這麼告訴你的嗎？』

亞爾曼停下動作，回頭驚訝地看了愛斯特一眼。

她在哭。

他沒想到會看見愛斯特的眼淚，於是趕緊上前抱住她，安撫地輕拍她的肩。

『怎麼了？』

『沒什麼，我只想要你回來，孩子。』愛斯特垂淚將手貼在亞爾曼的臉頰上，『我已經很久很久沒有聽見你的聲音了，我很想念你。』

『老天，我也一直都——』他頓時停住話語。

不知怎麼地，有股黑暗壓住了他的聲音。

那道黑暗警告著自己，有個封起來的箱子正藏在他心底，他太久沒有探究自己的內心，隨波逐流的日子讓他忘了那箱子的存在，而愛斯特的淚水險些撬開了它。

他的黑暗說：別打開，別承認，你受不了。

『你還好嗎？』

『我很好，對不起。』他摸著愛斯特的手背，同時確定自己的臉沒有露出異樣。

『那為什麼要道歉？』

亞爾曼忽然哽咽，『因為我……似乎做錯了很多事。』

『如果錯誤已經發生了太多次，那它就不是錯誤，而是「命運」。』愛斯特伸手將他抱在自己懷裡，含淚說道：『但是不要緊，已造成的錯誤無法改變，未來的命運卻可以。』

『我不知道……』

『就先從未來開始思考吧。』她看著那些堆疊在房間內的雜物，『至於過去的事物，我們可以慢慢整理。』

愛斯特貼心地沒有拆穿他。

亞爾曼任由自己靠在她懷中，好像睡在母親的懷中令人安心，讓他足以拋下這些日子來的風雨，以及那些黏膩又纏人的邪惡。待在愛斯特身旁，他發現時光是可以倒流的，就連傷口都能復原，撫平了他內心沒來由的痛。

直到一年後，愛斯特死去。

他重新踏上旅程，繼續面對那些未知的事物。

人生再次變得孤寂，他很想成為像愛斯特那樣堅毅的人，卻辦不到——每次只要那些眼中對他充滿渴望的人出現，亞爾曼總會將之視為新的火光。他原本都想好了，在愛斯特的陪伴下，他終有一天會打開那個箱子，解放內心的黑暗、解放自己臉上的標記，然後他會坦承一切……

可沉淪總是比較容易。

◆◆◆

『我明白了。』年輕的孟格塔瞪著亞爾曼。

『啥？』

『老師，你有病。』銀髮少年冷冷地下了結論，同時憤怒地振筆直書。

他的課業進度稍微落後了些，所以亞爾曼才會留在小鎮內的教室，點燃燈火陪伴孟格塔將今天的抄寫完成。

『孟格塔，你在生氣嗎？也是，說了太多故事，害你的抄寫時間又耽誤了。抱歉啊。』亞爾曼雙手交疊，慵懶地靠在窗邊，彷彿那些都是與自己無關的故事。

『不是這個原因。』孟格塔蹙眉，停下手中的羽毛筆，『我只是不理解你為什麼能笑著說這些事。』

『因為就結果來說，我成為老師後不管到哪都受人歡迎，似乎也沒什麼不好呀？』

『受人歡迎跟搞上學徒是兩回事。』

『反正那些人也不是來學習的嘛，只想來三天的傢伙，怎麼能算學徒呢？至於

該認真教的對象，我還是會好好教的。』亞爾曼朝孟格塔眨了眨眼，接著又故作成熟地恢復導師的模樣。『以你的能力，很快就能進行畢業課題了，我對你的期待可是很高的。』

『你就沒想過振作點嗎……如果你需要，明明我也可以幫你的啊……』

『現在這樣很好啊。』

『是嗎？如果是我，我會不惜一切留在首都，爭取自己的權勢，然後改變整個標記師的地位。』在一陣模糊的碎碎唸後，孟格塔的聲音又高昂起來，帶著某種莫名的不滿。

『即使要你忽略自己內心的聲音？』

『這就是我內心的聲音。只要能夠爬上高位，我可以完全付出一切。』

『哇，真羨慕你們年輕人……』

『老師還是乾脆找個人安定下來吧。』孟格塔用羽毛筆搔了搔臉，繼續提筆書寫。

『王國的想法先不提，你自己的心情也很重要。』

『你就這麼在意我的枕邊對象嗎？』

『因為老師的形象也會影響到我的評價，如果您這麼期待我的表現，就請您多加自重，以免我還得花心思跟您撇清關係。』孟格塔紅著臉反駁。

『我已經有安定的對象啦。』

『咦？』

『就是寫信的對象。』

『筆友不算吧……』

『對了，不如就孟格塔如何？我也很喜歡你唷。』

『快停止你那輕浮的告白啦，我就討厭老師這點……真受不了！明明能力這麼好，為何你一點野心都沒有啊！真令人生氣！』

亞爾曼笑而不答。

在愛斯特走後，他首次鼓起勇氣提筆寫信給艾恒，想要親自傳達老師的死訊。他寫得簡短，沒有太多感性的內容。

意外地，艾恒沒多久便回了信。

『有需要就寫信給我。』

除此以外，沒有更多的內容。

但就連亞爾曼也沒料到，艾恒的那句話成了自己日後旅行的支柱，他開始寫信，越寫越多。即使寫出來的，盡是些「只要能讓大家開心，我也會感到開心」的內容，那些風花雪月的日常，被亞爾曼寫得好像極其重要似的。

明明想要傳達思念。

明明想要傳達痛苦。

可是說不出口。

似乎連那種能力都遺忘了。

如果累積的錯誤會成為命運，那愛斯特口中的改變，真的一蹴可幾嗎？

亞爾曼看著窗外思索，輕輕眨眼後，赫然發現他身處的地方已經不是教室，孟格塔也不在身旁，他早就畢業了，成為優秀的標記師；而自己則輾轉來到瓏里，坐在自己打造的屋內，過著比以往更單調簡樸的生活。

眼前的少年自稱是艾恒的兒子，他與自己正坐在房間地板上，一起看著銀亮的月光。

多麼惡意的玩笑。

艾恒有孩子，為什麼自己卻毫不知情呢？他還以為艾恒和自己一樣，是個不會改變現狀的人。結果搞得好像只有自己惦念著過去似的。

「你想被誰喜歡？」

「亞爾曼老師。」

「什麼？」

「老師人很好。」伊拉起初發出了不太確定的聲音，隨著自己吐出的話語，表情也漸漸堅定起來。「能夠一起煮飯很快樂，而且老師總是很溫柔，也很善良，跟我以往相處過的人都不同，讓我覺得……會想喜歡這個地方。」

明明是月光，到了伊拉的眼中卻變成了火花。

那些火花最後總是能催生出熾熱的慾望，接下來會發生什麼，亞爾曼絲毫不意外，他對那種眼神再熟悉不過了。如果是其他人露出那樣的目光，他肯定會放任其慾望蔓延，誘使他們擁抱自己。

但是伊拉不一樣。

跟其他人比起來就是不一樣。

「我也喜歡你，伊拉。」

你是艾恒的兒子，自然也能算是我的兒子——他想這麼說，卻發現自己並沒有真的說出口。

「喜歡到什麼程度呢，老師？」

伊拉的眼中並沒有欣喜，而是奇異的凝重。

奇怪，這孩子平常是這麼直接的人嗎？

「嗯，就是很喜歡吧。想要保護你、理解你、希望你獲得幸福之類的。」他一手撐著臉頰，一派輕鬆地說著。

「甚至不惜死掉嗎？」

有需要確認到這種程度嗎？這孩子的眼神會不會太沉重了？

但是，如果這樣做能讓伊拉獲救的話……

「伊拉，我呢，已經活得夠久了，老實說也沒什麼好留戀的。如果必須在我們之間選擇一個，我肯定會以你優先，因為……」

你是艾恒的兒子，自然也就是我的兒子。

「因為什麼？」伊拉湊過來，將氣息吹到他臉上。

「呃……」

怪了，自己原本要說什麼？

亞爾曼忽然感到一陣戰慄，弄不清楚現在的情況，伊拉卻已經伸手觸碰他的臉，那雙金色的眼眸中有著伊拉原本的柔軟，也有著艾恒般的堅毅。亞爾曼像是被那道眼神釘住了身體，動彈不得。

「這不是老師的真心話。」

「當然是。」他沁出冷汗。

「不。」伊拉平靜地說，「對不起，如果我能早點聽見就好了。老師，真的很對不起。」

「為什麼你要道歉？」

伊拉搖搖頭，忽然低聲喊出了魂名。

亞爾曼知道那是什麼，他很久以前也標記過相同的事物，然後將之遺忘。

忽然間，所有的一切排山倒海而來。

亞爾曼眼前一黑，感覺自己的五官開始崩塌，變成他無法理解的陌生樣貌。

那些他刻意拋棄的事物爬回臉上，啃蝕著他的偽裝，勾勒出他原有的模樣。他本來沒打算揭開的東西，如今全赤裸裸地攤在魔法面前，那些情緒、眼淚、吼叫、怨恨，將他的身體鑿出深刻的紋路，瓦解了他的表象。

直至這次，亞爾曼終於清楚聽見了。

靈魂將他命運中的傷痕淬鍊成一道純粹的聲響——「好好活著。」

◆◆◆

「可以嗎？你真的能救他嗎？」

「不曉得……應該這樣就……」

「等等、伊拉，你看他的呼吸——」

雷克藍與伊拉的聲音忽遠忽近，好像被氣泡包住似的模糊不清，亞爾曼恍惚地聽著，直到某一刻，氣泡在空氣中破裂，那兩名少年驚慌的討論聲變得極近，像是朝著他耳邊大喊。

亞爾曼赫然睜眼，還來不及搞清楚自己在哪，便坐了起來，雷克藍與伊拉分別坐在他左右，同時被亞爾曼起身的動作嚇了一跳。

他扶著額頭，喘氣回想發生的事。

塞文朝他刺了一劍，他很想告訴伊拉，這也是逃跑計畫的一部分，可是他開不了口，接著……他好像回到很久以前的回憶……

亞爾曼難得地發出大叫，「啊啊啊啊！」

「怎麼了！老師？」

「我的臉……我的臉沒事吧？」

「請放心，還是一樣好看。」伊拉神情嚴肅地用力點頭。

亞爾曼雙手貼在自己的臉頰上來回確認，「真、真的呢……嚇死我了！」

「等一下，這是重點嗎！」雷克藍忍不住吼道。

「當然，老師的臉是世界上最重要的事。請不要大驚小怪。」

「為什麼是你在替他說話……」

「好可怕，塞文那一劍也太恐怖了，我沒想到他會這樣來啊。」亞爾曼心有餘悸地捧著胸口，整個臉色慘白不已。「還有凱泱也……剛剛是不是有海草從我的胸口跑出來了？我其實已經死了吧？」

「不，你從死亡邊緣回來了，那個只是被你甩掉的藥草，請你冷靜點。」雷克藍無奈地說道。

此時，一隻魚從船邊躍出水面，伊拉還未看清那條魚的身影，反倒是雷克藍率先反應過來，伸手放在水面上撥出一條水痕，輕聲說道：「卵。浮游。回歸。」

魚在水面下的模糊身影忽然一頓，接著抖了抖身子往反方向游走，雷克藍這才抬起頭來，主動對兩人解釋：「我把你們兩個平安無事的消息回報給凱決了，這樣我也省得被她叨唸，總之，她應該也會放心了。」

「目前計畫都還順利嗎？」亞爾曼的表情平靜下來。

「聽說凱決跟塞文已經回到城堡，有塞文殿下在，她不會有事的。只是之後我與凱決還得回頭修復河川，可能會被王室再監視一段時日吧，唯一的麻煩是暫時無法和你們聯繫，如果在鄰國遇到麻煩的話……」

「不要緊，我們會自己解決的，你們已經做得夠多了。」亞爾曼這才稍微放鬆下來，輕輕喘了一口氣。「哎呀，真不愧是『黑水』，我欠你們一次人情呢。」

「事情能夠皆大歡喜就是最好的報酬吧。幸好塞文殿下站在我們這邊，否則過程也不會如此順利。」

伊拉聽著聽著，總覺得還是不太理解。「我不懂，這整件事對塞文的利益究竟是什麼？」

「雖然他聲稱是為了凱決與自己領土的穩定合作，但總感覺應該還有別的用意，王室之間的考量極為複雜，不過有時也出乎意料地單純，說不定塞文殿下只是不希望親王這麼順利繼位，想要在這場新局勢中重新調整自己的地位……諸如此類。」

雷克藍陷入沉思，唯有亞爾曼勾起一抹曖昧微笑，重新讓自己的身子舒服地側靠在船身，在舒爽的海風吹拂下，整個人像是煥然一新。

「對我和伊拉來說，已經是不需要探究的事了。」

他看了伊拉一眼，後者感受到那眼神中熟悉的曖昧挑逗，飛快地紅了臉。

雷克藍則敏銳地感受到兩人之間的氣氛變化，立刻默默後退，重新抓起船槳。

「也……也是，我先繼續划船，兩位慢慢休養。船篷有遮簾，我幫你們放下來吧……咳、你們知道的，陽光太大不好睡……」他胡亂比了些不明所以的手勢，一邊標記了遮簾讓其完全放下，瞬間遮擋了自己的身影。

伊拉還搞不清楚雷克藍在幹嘛，亞爾曼則掩嘴笑了起來。

「老師身體真的都恢復了嗎？沒有任何異樣？」少年在昏暗的微光中盯著亞爾曼瞧，擔心他還有哪裡沒有復原。

「還好，只是身體還有些疲倦。」亞爾曼轉了轉肩膀，仔細感受身體的變化，接著搖搖頭，「你是怎麼把我救回來的，我的狀態很糟嗎？」

「您沒有印象嗎？」他睜大眼。

「啊啊，完全沒有。我只感覺自己做了很長一段夢，接著忽然就醒了。」

伊拉摸著雙手，支支吾吾半天才說：「……老師的靈魂似乎去了很遠的地方。」

「喔？」

「我試圖進入魔法的另一面，尋找你的魂名……我不曉得發生什麼事，很難形容，總之我好像也在夢裡追著你跑了很久，直到你終於看見我，接著我呼喚你的……」他看著亞爾曼曖昧的笑容，忍不住尷尬地瞪他一眼。「老師，你真的沒有印象嗎？」

亞爾曼莞爾，「能過來點嗎？伊拉。」

「呃、是。」伊拉聽話坐近。

「你體內的少年呢？」他端詳著伊拉眼中散發的神采。

「消失了。」少年說完又接著改口：「不，不對，與其說消失，更像是回到體內了。我感覺得出來，他就是我，而我也是……」

「那就好。」他拍拍伊拉的頭。「恭喜，這下你真的畢業了。」

伊拉心一沉，胸口發悶。

「老師只想說這些嗎？」

「這個嘛，其實我也不能算是老師了。離開王國後，我也不再需要承擔這個身分，你叫我亞爾曼就好，好嗎？」他伸手輕捏伊拉的鼻尖。

可是伊拉一點也欣喜不起來。

那聲音聽起來好放鬆、好自由，好像隨時都會離開一樣。

伊拉回想著自己在拯救亞爾曼時看見的那些景象，他走過亞爾曼的一生，讀出自己以往不可能理解的情緒，甚至因為看得太多了，而讓他感到無地自容。那不是經過亞爾曼同意所看到的事物，但是不那樣做，他根本無法喚醒男人的求生意志。

他打破了亞爾曼用魔法掩藏起來的東西，那張美麗的臉孔，早在不知覺間成為亞爾曼討好他人的虛假面具。

一想到亞爾曼是用那張面具愛著自己、愛著其他學徒，伊拉就感到痛苦。

他對眼前男人的理解，淺薄得無可救藥，就連此刻這份依戀的心情也只是在彰顯他的自私罷了。

「老師……對不起，我太自以為是了。」

「啊？」

伊拉別過頭，顫抖地忍著眼淚。「以前的我會看你寫給艾恒的信，把那些溫柔當成自己的救贖……可是，我只想著你能救我，卻從來沒想過寫下那些信的你又是什麼心情……」

「為什麼突然說這些？」

「因為我……一直以來都在利用老師的溫柔，所以……我希望老師能夠自由做自己想做的事，到了那邊之後，我們還是分開吧。」

亞爾曼張大了嘴，訝異於眼前少年的結論。

接著，他無奈地笑了一聲。

「伊拉，你現在如果不是在擅自解讀我，就是在找藉口推開我？」

伊拉一震，嚇得說不出話來。

他沒聽過亞爾曼用這種語氣說話，他的臉頰頓時熱燙，像被賞了個巴掌，整個人回過神來，意識到自己說了多討人厭的話。

「我……不是那意思……對不起……」

「那麼，我想聽的是你的真心，而不是你覺得我會喜歡的話。」

伊拉低頭擦去淚水，卻越擦越多。

他真正想要的是什麼？他真的可以說嗎？

「我喜歡老師……真的……最喜歡了……我只想和你永遠在一起，可是……我不知道怎麼辦……」他拚命以手背擦去淚水，結果激動得連話都說不完整。「我真的好想幫助老師，讓老師別再痛苦……我……」

「唉，傻孩子。」

伊拉停頓了聲音，抬頭想確認亞爾曼是用什麼表情說那句話，結果，眼前的畫面讓他不敢置信，亞爾曼的雙眸與他相同濕潤，閃爍著伊拉見過最珍貴閃耀的光芒，伊拉下意識地停止了哭聲。

他伸手抱緊亞爾曼，以湊近的臉龐接住滴落的溫熱。

那是伊拉打破了魔法的囹圄之後，才終於能夠釋放而出的淚水。那眼淚究竟在亞爾曼體內醞釀了多久？從與艾恒分離時、愛斯特死去時、遭遇到各種感動與悲傷的事物時……男人都沒能展現出來的真實情緒，如今琢磨成珍珠般的深邃情感，正從他眼角不斷流落。

這是亞爾曼睽違了十幾年的淚。

「明明是你解救了我與艾恒。」亞爾曼笑著，即使淚珠仍突兀地掛在臉上，卻成了伊拉眼中最美麗的景象，而更令他驚訝的是，眼前的男人開口說道：「你好傻，還不曉得自己的存在根本是命運般的奇蹟。」

「我……？」伊拉一愣。

「能夠遇見你，真是太好了。」亞爾曼輕輕擁著他，將臉埋進他的頸側，沙啞地說：「謝謝。」

此刻，伊拉第一次感受自己正被命運擁抱著的事實。

◆◆◆

凱決泡在海裡。

起初，海岸周圍總是熱鬧無比，不過隨著她進入深海，水中的聲音也開始產生變化，少量的氣泡、游魚、暗潮，聲音會越來越少、越來越規律，她彷彿離開了喧鬧的城市，來到空曠的原野，就像艾恒聽見空氣流動的聲音，她耳中也只剩下海潮的單音，形成規律的拍打，沉沉的、厚重的，每個音都充滿迴響。

當她修復完河水與海岸的樣貌後，她一如往常下水感受她所見的一切，就像例行的問候。

她喊出海的魂名前十段音節。

海也與之回應，凱泱不討厭那聲音，聽起來像令人安心的擊鼓，或是平穩的心跳。

她隨著那聲音走，來到連陽光也開始黯淡的地方，聲音越來越大，形成熱切的呼喚，溫暖的聲音在水中產生震盪，那些微小的震動包覆著凱泱，有如輕撫與擁抱。

她閉上眼，想像自己躺在搖籃，意識漸漸落入海溝，落入完全的黑暗之中。

她繼續默唸海的魂名，但唸到第五十段音節時，耳中的單音不再是與她共鳴的魔法，而是轉化為海洋整體的意念，鮮明地在凱泱腦中構築成魔法以外的聲音。

來——那是來自大海深沉的呼喚。

凱泱睜開了眼，周圍一片黑暗，盯著她的視線來自四面八方。她想揮動手腳，卻被壓得動彈不得。

大海如此寬容，能夠接納無數殘酷，以至於它有時也會將殘酷誤以為是自己的溫柔。她吐出氣泡，輕輕搖頭，婉拒大海的邀請。

進入我。

凱泱知道它接下來想說什麼，所以她持續抵抗、掙扎，直到腦中冒出第五十一

段音節，她喊出它，然後用手指向上方。

「讓我走。」

進入我，我的凱決。

她無視那道聲音，用盡一切意志拋下黑暗，身體忽然解除了束縛，她立刻上浮，回到水面時，她終於大口呼吸，聲音卻狼狽地像是在哭。

過了一會，凱泱逐漸平靜下來，顫抖著身子游回海岸，她渾身無力且冰冷，直到上岸後標記身上的水珠，輕輕一抖，身子重新變得乾燥，頭髮也不再黏著臉龐，只是心中的冷意還沒那麼快驅逐。

「對不起，現在不行。」她深深呼吸了幾次，才艱澀地轉身對著海面，輕聲開口：「再等我一下……很快，但不是現在……」

大海呼喚的餘音遠去了。

她也得到了大海魂名的第五十一段音節，這是新進展。

不過凱泱知道，每一次她只會越潛越深，然後某一天，她將不再回到陸地，就像前兩任「黑水」一樣。她們還在海裡，也在等著她。她從來沒有和任何人說過，這是只屬於她的祕密，如果未來她有了孩子，或許也會成為那個孩子的祕密。

她摸著自己平坦的小腹，陷入思索。

「凱泱！」

她一震，回頭才看見雷克藍慌張地跑了過來。

「你不用特地來接我。」

「我知道。」他喘著氣，忽然視線一斜，凱泱立刻瞥見站在他身後的皇家士兵。那些人雙手交疊在身前，故作若無其事，神情卻像是隨時能抽出腰間的武器。

「如果我沒回來，他們就拿你當人質？」她哼笑。

「不是的，他們比我早來。」雷克藍倉促地說：「我怕他們傷害妳。」

「你是不是總忘了我是『黑水』？」

「因為妳畢竟是我的……不，沒事，是我不好。」他熱切的眼神黯淡下來，又露出那熟悉的自卑苦笑。

凱泱端詳著眼前的男子。

在雷克藍的沉默中藏著與大海同等分量的呼喚，他一次又一次地喊著。

凱泱，凱泱，我的凱泱。

她眨著美麗的雙眸，仔細聆聽那道聲音。

「雷克藍。」

「嗯？」

她沉靜地揚起微笑，「沒事的，我回來了。」

現在，這樣就好。

她牽起雷克藍的手，與他遠離海潮。

◆◆◆

席歐夫瞪著眼前帶著微笑的塞文，恨不得當場將他掐死。

當塞文坐在相同位置的沙發上後，席歐夫腦中竟閃過一道念頭，寧可他是亞爾曼假扮，也不要是眼前這個令人頭疼的麻煩姪子。

「你說什麼？」

「我沒說清楚嗎？我把亞爾曼與他的學徒藏起來了，等到亞爾曼上了岸，他會前往一個只有我知道的位置，度過他的餘生。」

「你是來威脅我的？」

「說威脅似乎有點過頭了，這不過就是一般的交涉。只是我手上得先有東西，才能進入談價碼的環節。不過，值不值錢還是得由您決定，大伯。」塞文擺手。

「該死的，塞文，你憑什麼！」

席歐夫拍著桌子站起來，凶狠地瞪著塞文，但他一點也不慌張，因為席歐夫只是做做樣子，不能讓這場會談顯得毫無優勢，當席歐夫怒吼完，才能輪到他展現誠意。果然，席歐夫很快便開始踱步，喘著粗氣等待著。

「請息怒，我未來的國王，我知道亞爾曼的下落確實讓你頭疼，偏偏不做到這樣的話，我也沒把握能活著坐在這裡與您對話……」

「你以為我會為了王位殺你？」他冷笑。

「未來總是難以預料。」

「講重點！塞文！」

「當您即位以後，您肯定也很想要您的孩子回來，繼承您的位置。」塞文彎起唇，「不過，您也怕無法保護他。」

席歐夫愣了愣，臉色頓時變得陰沉。

「你要承認他？」

「我的承認對世人沒有意義，不過，對您有意義的話也就足夠了。」

「你大費周章冒險送走亞爾曼，卻不求任何地位？」親王冷冽地瞪著眼前男人，「說吧，你想擔任要臣？還是進入首都宮廷？我的姪子，像你這樣的人，不可能繼續屈就於那個小小的領土……你比你的父親有膽識多了。」

塞文陷入沉默，奇異的是，他似乎直到此刻才難以開口。

席歐夫嘆了一口氣，重新坐回位子上，平靜地望著塞文，「你到底要什麼，塞文？更多的領地？成為宮務大臣？趁我還沒有改變心意將你掐死以前，你最好有話快說。」

塞文苦笑一聲。

接著，他說出那個讓席歐夫震撼的答案。

◆◆◆

孟格塔坐在城堡的城牆上，像一道孤高的影子，隨著斜陽拉長了身形。

他銀色的頭髮隨風搖曳，眼中閃爍著陰鬱，心中盤算著自己的下一步。

如果事情順利的話，他應該還是能夠爭取到首席標記師的位置。席歐夫沒有對他發怒，塞文的出現順利轉移了親王的怒火，某方面來說，這是好事，孟格塔卻沒有心情感到慶幸。

是因為塞文突然現身，打亂了他計畫的關係吧？原本打算在爭取到首席標記師之前，不要再見到他的，至少，在自己內心還沒有動搖以前……

「在看什麼？」

才剛想到那個男人，那熟悉的低沉嗓音便傳了過來，孟格塔胸口揪緊，隨著那腳步聲加快了心跳，但他故意不看向塞文的方向，而是保持迎風遠眺的姿勢。

「這座城市。」孟格塔武裝起自己的表情，拘謹地說道：「就算再怎麼燈火通明，也還是會有陰影啊。」

「既然只有我們在這裡，你就用平常的方式說話吧。」

「……外城區的規畫做得太差了，讓匪類得以聚集，剝削窮人的同時又任由貴族抽取油水；市集的商業改革與街道整潔問題也卡在其他臣子的阻撓下，遲遲無法改善；至於首都的標記師全是愚蠢痴肥的老學者，每個都只顧著研究或討好貴族，沒有人想要處理那些半吊子的落跑學徒，以及那套過時的教學方式跟審查體系。如此安逸的日子，也該在王位鬥爭結束後畫下句點了。」孟格塔話鋒一轉，口氣冰冷尖銳。

塞文雙手叉腰大笑起來。

這才是孟格塔平常、不，真正的模樣。塞文早已發現孟格塔真實的一面，然而席歐夫似乎未曾察覺，就連塞文也不禁替親王感到遺憾，如果親王看出孟格塔真正的能力之處，事情又會變得如何？必定不可能只讓「剪影」做為宮廷刺客吧？

「你這算是為了亞爾曼的遭遇打抱不平嗎？」

「老師不是唯一的受害者，我只是做自己想做的事情，與他無關。」孟格塔冷冷地說。

「唉，任何地方都有陰影，就連我也不例外啊。」塞文吐出一口長氣。

孟格塔這時才瞄了他一眼。「您與親王殿下會面過了？」

「嗯。」男人同樣望著城市，悶悶地應了聲。

他的臉上看起來也沒有欣喜之情。真奇怪，事情理應如他們所願，各自拿到了自己想要的東西才對。孟格塔暗自揣度，不論塞文提了什麼要求，親王想必也會答應。

「總之，先恭喜殿下……」

「我要你和我回城，親王答應了。」塞文突然打斷孟格塔。

「啊？」

「就這麼被賣掉了呢，簡簡單單。」此時，男人抬起頭來，朝銀髮男子拋出燦爛的笑容，彷彿剛才的陰鬱都是裝的。「總之，你當不成首席標記師了，明天就跟我一起回領地。」

「等一下！」孟格塔激動地跳了起來，「您知道您在說什麼嗎？」

「知道啊，這是你私自行動的懲罰。活該。」

「這不是重點！擔任大臣、進入首都、瓜分土地……這些您都沒有提嗎？」孟格塔不敢置信地拉高音調，也不曉得自己到底是憤怒還是純粹的驚嚇，反倒是眼前的男人雙手環抱在胸前，開始欣賞孟格塔的表情。

「你覺得我是為了這些理由追到首都來的？」塞文眨著眼睛看他。

孟格塔一時語塞。

只見那高大的男人走向孟格塔，輕輕拉起他的手，嚴肅地盯著他赤紅的臉龐。

「我的領地雖然不大，但是很需要魔法方面的人才，畢竟我不能總是仰賴凱泱嘛。我需要你來參與我領地的決策，亞爾曼無法到我城裡進行教學，不如這部分就讓你來接手如何？」

「別開玩笑了，您是不是笨蛋？」孟格塔咬牙切齒地低吼。

塞文反而回以一記笑容，「哎呀，你該不會是那種對越喜歡的人越愛發脾氣的類型？」

「哈啊——？」

「偶爾還是控制一下對我的愛意吧，否則強壯如我也是難以消受……」

「塞文殿下！」孟格塔發出了史無前例的嘶吼，「您到底在想什麼？我背叛過您一次，您不能就這樣讓我回去！」

「為了能夠成為首席標記師，你努力討好席歐夫，所以你從一開始就沒有對我投誠，不是嗎？既然沒投誠過，就沒有所謂的背叛。」塞文表情一變，以嚴肅的臉說著玩笑般的話，「你是被我綁回去的，我沒有問你的意願。你是我的人質、我的新影子。事情就是這樣。」

孟格塔張大嘴。

他先是在腦中反覆思索了好幾遍，才理解到塞文的意思。

「您、怎麼有辦法厚臉皮說出這種話來……」

「誰叫你們標記師都是些麻煩的傢伙。」塞文搓著下顎嘻嘻笑著，「雖然成王的野心我沒有，但貪婪可是人之常情，能夠納入像你這樣的人才，哪怕只有一座城市，也能讓人民的生活有個更好的開始，我怎麼會放過呢？」

塞文拍拍他的肩膀，接著轉身哼著不成調的歌聲緩緩離去，見他悠然走在城牆上的背影，看起來比初見面時更加高大，孟格塔訝異地看著，發現自己的眼角盈滿淚水，孟格塔伸手用力揉擦眼角的濕潤，然後仰頭用力吸著氣，露出堅定的目光，跟上塞文的腳步。

◆◆◆

半年後——

伊拉走在被踩出一片黃土的草原小徑上，熱得不斷擦拭額間的汗水，天空是明亮的藍色，散布著蓬鬆的雲朵，寬廣的草地上僅有幾株高大的白蠟樹與橡樹點綴。

一條小小的溪流打橫穿過他腳下的小徑，他輕輕跳了過去，沿著小徑來到村莊其中一側，成排的房屋林立於草原上，炊煙從煙囪裡緩緩升起。

屋外的人們忙於自己的日常工作，照顧農作物和家畜，孩子們則揮舞著玩具互相追逐。伊拉與那些人一一揮手打招呼，走向小徑盡頭，那是他回家唯一的路。

他的家是一座木頭與茅草搭成的房屋，除此之外，屋外也以大量花草點綴，裝飾得五顏六色，他正要打開那扇漆成鮮綠色的大門，身後忽然傳來孩子的呼喚聲。

「老師！」

他停下動作，回頭看著朝自己跑來的幾個孩子。

「怎麼老是那樣叫我？」伊拉笑著。

「你就是老師啊！這裡除了老師以外，沒有人知道那麼多事情！」

「你知道好多植物與動物的事，也很會料理，還懂得看天氣。」

「對啊！還救活了生病的小牛！」

孩子們理所當然地用力點頭，一個個插嘴搶答，接著合力將一個沉重的竹籃遞給伊拉。伊拉趕緊伸手接過，只見籃子上頭蓋著餐巾，看不出是什麼。

「老師的食譜很好用喔！是我媽媽試著做出來的！」

伊拉揭開餐巾一角，盛裝在小鍋裡的燉馬鈴薯香氣四溢，使他驚喜地張著嘴。

「看起來真棒，謝謝。」

「和你的妻子一起吃吧，希望她身體早點好起來！」

伊拉頓時表情僵直，「好、好的……」

孩子們還以為他是在害羞，於是紛紛掩嘴賊笑，正好，他們的母親在遠方呼喚，孩子們匆匆與伊拉告別，轉頭跑回成群的羊隻前，準備他們的放牧工作。

他微笑目送孩子們的背影，一陣強風吹向伊拉，同時也將餐巾吹起，伊拉一驚，趕緊伸長手抓住餐巾，所幸沒有打翻籃子裡的食物。

「哇啊！真是好險。」他呼了口氣，接著無奈地看向風吹去的方向。「怎麼了，你也想吃嗎？」

他仰頭聆聽風聲。

沒多久後，他臉上的笑意更深了。

「伊拉，你在跟誰講話嗎？」一名美麗的金髮女子推開家門，困惑地看著他，只見她身上披著長長的薄毯，幾乎將她整個人裹了起來，她輕輕打著哈欠，慵懶地確認他周圍有沒有其他人。

伊拉只是抱緊竹籃，一手撥著凌亂的髮絲，笑得甜蜜，「沒什麼。」

兩人一同走進屋內，才剛闔上門，眼前的金髮女子便恢復原本的俊俏臉龐，變回男性的模樣，薄毯沿著肩膀滑下，掛在男人的臂膀上，亞爾曼以手梳開瀏海，整個身子貼向伊拉，親暱地接過他手中的竹籃。

「等等、你的臉……」

「孩子們不是走遠了嗎？放心。」亞爾曼勾起嘴角，還故意親吻了伊拉一下。

「你要維持這個妻子設定到什麼時候？」少年紅著臉，不知所措地咬著嘴脣。

「兩個男人住在一起太顯眼，容易讓人起疑嘛。當一個體弱多病的妻子在這鄉下地方休養，平常足不出戶，其實也挺輕鬆的。」他望了伊拉一眼，以為伊拉的表情看起來並不滿意。「我知道總是得讓你跑腿很辛苦，我會獎勵你的。」

「我不是在說獎勵的事，我只是——」伊拉還沒說完，亞爾曼便將伊拉輕輕壓在門上，以散發著花香的脣瓣吻住少年。

「唔唔……」伊拉一顫，脣齒間流瀉出沉醉的呻吟。

就說不用獎勵了啦。

伊拉的反駁隨著男人的探入吞回肚子裡，伸手環住亞爾曼的脖頸，主動迎向他的吻。

他們就那樣擁抱了許久，任由時間緩慢地流動。

自從來到這座村莊，已經過了半年時間。這個村莊樸實無華，每天的工作與日常都單調平凡，讓伊拉想起待在瓏里的感覺，不得不說，塞文的安排實在是貼心過頭了。

他們溫存了一陣子，才回到餐桌準備用餐，來到廚房，牆壁是溫暖的木頭色調，梁柱上四處可見花草圖騰的紋飾，窗戶也爬滿開著碎花的藤蔓，成了另類的遮簾；亞爾曼來到餐桌前，準備豐盛的晚餐，有烤肉、新鮮的蔬菜與水果，以及孩子們送來的燉馬鈴薯。

「對了，老師……」

「咳嗯。」

伊拉一頓。他已經很努力改掉這習慣了，偶爾卻還是會說錯。

「……亞爾曼。」

「什麼事？」男人笑盈盈地彎起眉眼。

「在這個地方，每天都過得十分和平，不用擔心任何事情，好像……連時間都停止了。這麼幸福真的可以嗎？」

「我也不知道。」亞爾曼哈哈笑了起來，替伊拉盛了一碗帶著辛辣氣味的香料馬鈴薯。「就是因為不曉得幸福何時會消逝，才能像這樣珍惜每一天啊。」

伊拉驚訝地看著他，「還真像老師的作風。」

「其實這句話不是我說的。」

「是愛斯特？」他本能地猜想。

「她總是能說出驚人的話來，對吧？愛斯特離世的時候，我以為自己也會痛苦到一起死去，不過當下我並沒有真的放棄性命，而是想著——她拯救過我的那些話，如果我也能對別人說出來就好了。」

是因為先對自己的臉下了標記，亞爾曼才沒有陷入崩潰嗎？

伊拉暗自猜測。不過，自從伊拉解除他臉上的標記之後，男人反而像是一掃陰霾，表情也比以往爽朗、豐富，或許他本來就是個性格堅韌的人吧。

其實伊拉自己也是，半年前的他肯定想像不到，自己能夠如此平靜地接納人生獲得了幸福的事實。以前的他是個悲觀、無法自處的人，彷彿靈魂缺少了一塊。現在的他終於是完整的自己。

——他們兩個人都改變了。

「是她讓你……想成為理想中的『老師』嗎？」伊拉看著碗中蒸騰的熱氣。

亞爾曼笑笑，反而問了另一個問題：「你還能使用魔法嗎？」

「咦？怎麼這麼問？」伊拉嚇了一跳。

「因為已經養成的習慣不是那麼容易改掉的。在這裡不能暴露我們的標記能力，雖然我盡力避免不必要的魔法，不過有時還是會忘記這點。而你倒是不管在什麼情況下，都不曾標記過任何事物。」

伊拉轉了轉眼珠子，舀起湯匙吃了一口菜餚，任由那刺辣的香氣充斥口腔，然後才以平靜的語氣緩緩說道：「其實……我已經不會聽到那些聲音了。」

「是你決定不聽見？」亞爾曼敏銳地捕捉到其中差異。

「嗯。」

「真是驚人的選擇啊，什麼時候決定的？」

「很早就想好了，因為我已經有我自己的魔法了。」伊拉輕輕哼聲。

「喔，馬鈴薯魔法？」亞爾曼挑眉笑著。

伊拉捧著木碗，垂下淡綠色的髮絲，嘴角微微一抽。

「有點熱了呢，老師，我去把窗戶打開唷。」

「剛剛那句只是玩笑話，你別一臉介意。」

「我怎麼會對老師生氣啦。」

「明明生氣了吧。」

伊拉沒有回答，而是伸手推開離他們最近的一扇木窗，垂下的藤葉立刻隨風搖曳，涼爽的空氣迅速吹入，撫觸伊拉的心。他轉頭對上亞爾曼同樣熾熱的視線，決定將那句答案收進心底，以免讓自己的表情變得奇怪。

——有你靈魂所在之處，就是我的魔法。

（全文完）

後記

再次感謝大家來到下集的後記！希望大家喜歡這個故事！

下集多了一些新角色，也相對壓縮了肉戲的空間，所以我在套書限定的番外補完了塞文與孟格塔的故事，我自己其實很喜歡這兩人的互動，套用在現實背景來說的話，大概就是油條中階主管與社畜職員吧……突然覺得這ＡＵ香香的（？）

雖然結局停在這裡，但其實我也有想好後續的故事發展，最近腦中的想法也越來越明確了，包括黑水生了孩子、塞文會（消音）、亞爾曼會被（消音）等發展，以及我一直都很想嘗試的學院故事，好想要學長學弟ＣＰ之類的……如果能夠有機會寫下來的話，應該會很棒吧！

我就是ＢＧ跟ＢＬ都喜歡的雜食派，而且是無可救藥的奇幻正劇控QQ

如果對我的文字有興趣，歡迎關注我的臉書與噗浪，不論是ＶＴ衍生、遊戲編劇、原創小說跟漫畫編劇，月亮熊無處不在！

國家圖書館出版品預行編目資料

呼喚你的靈魂 / 月亮熊作 . -- 初版 . -- 臺北市 :
臺灣角川股份有限公司 , 2024.03
冊 ;　公分

ISBN 978-626-378-425-3(上冊 : 平裝). --
ISBN 978-626-378-426-0(下冊 : 平裝)

863.57　112019591

呼喚你的靈魂

下

作　　者＊月亮熊
插　　畫＊若月凜

2024年3月27日　初版第1刷發行

發 行 人＊台灣角川股份有限公司
總　　監＊呂慧君
編　　輯＊游雅雯
美術設計＊林慧玟
印　　務＊李明修（主任）、張加恩（主任）、張凱棋

台灣角川

發 行 所＊台灣角川股份有限公司
地　　址＊104台北市中山區松江路223號3樓
電　　話＊（02）2515-3000
傳　　真＊（02）2515-0033
網　　址＊http://www.kadokawa.com.tw
劃撥帳戶＊台灣角川股份有限公司
劃撥帳號＊19487412
法律顧問＊有澤法律事務所
製　　版＊尚騰印刷事業有限公司
I S B N＊978-626-378-426-0